ラルーナ文庫

獣王の溺愛

～秘蜜のオメガは花嫁となる～

柚月 美慧

JN190941

三交社

CONTENTS

Illustration

上條ロロ

獣王の溺愛

～秘蜜のオメガは花嫁となる～

本作品はフィクションです。
実際の人物・団体・事件などにはいっさい関係ありません。

序章

空の彼方の神様は
愚かな者に失望し
賢者に世界をあげました

五つの土地の王様は
賢い狼《おおかみ》しかなれず
金珠《アルファ》・銀珠《ベータ》・銅珠《オメガ》と
生けるものを分けました

空の彼方の神様は
哀れで美しい銅珠に
賢者の花嫁となれるよう
最後の宝をあげました

第一章　深緋《こきひ》の瞳《ひとみ》

ソラは、真っ白な空間で育った。

物心ついた時から壁や床、家具から着物まで、周囲は白色で統一されていた。色を添えるのは、絹糸を思わせるソラの美しい黒髪と、紅を差したような赤い唇だけ。

「ソラ様、朝のお祈りのお時間でございます」

「はい、今参ります」

花窓から風に揺らめく竹林を眺めていると、扉越しに宦官《かんがん》に声をかけられた。

質素で整理整頓《せいとん》された自室を見渡し、愛着のあるこの部屋に、あとどれぐらいいられるのだろう？　と感傷的になる。

まったく記憶にないのだが、ソラの生まれは闇獣《あんじゅう》国の南東にある小さな村で、両親は養蚕業を営んでいたらしい。

銅珠として生まれたソラは、それは美しい赤ん坊だったそうだ。

しかも背中には、『聖なる銅珠』であることを表す赤い芍薬《しゃくやく》の痣《あざ》があったことから、周囲は「賢者の花嫁が生まれた！」と喜んだという。

なぜなら聖なる銅珠は、数百年に一度、国内に一人しか生まれない貴重な存在だからだ。

そしてソラは、王に『魁《かい》』という特別な力を与える聖なる銅珠として、生後三か月で、僧侶と宦官しかおらぬこの寺院に預けられた。

それから十八年。

ソラは聖なる銅珠を守り育てる寺院から出たことがない。

正確には、一人で出たことがない。

宦官や護衛を引き連れて、月に二度、寺院を出ることができた。

それは許嫁《いいなずけ》である闇獣国の王、儀晃《ぎこう》に会いに行く時だ。

しかし十八といえば、そろそろ発情期を迎えてもおかしくない歳《とし》だった。

（発情期を迎えたら、僕は儀晃様のお妃様になるんだな……）

きっと喜ばしいことなのに、心の底から喜べない自分がいるのは、聖なる銅珠として生まれた虚《むな》しさゆえだ。

自分は生まれた時から王に嫁がされ、世継ぎを産むだけの器に過ぎない。

国を治める獣人の狼属の子を産めるのは、人間属か狼属の銅珠だけだからだ。

しかも背中に芍薬の痣を持つ、聖なる銅珠だけ。

聖なる銅珠は王族の子孫を産むだけでなく、発情期後は体液や香りすべてが、王の持つ魁という特殊な能力を増強させる。

この魁のおかげで国王は大変長生きで、天候や風、土壌などを操ることができ、天災や疫病から国民を守ることができるのだ。国王が十分魁を漲《みなぎ》らせ、充実すればするほど国は栄えていく。

しかし、逆も然《しか》り。

国王の魁が弱まれば国は荒《すさ》み、疫病が蔓延《まんえん》し、崩壊していく。こうして滅んだ国がいくつもあった。

ソラは三重衣の裾《すそ》をふわりと靡《なび》かせ、獣人神が祀《まつ》られている祭壇へ向かった。

本堂にはすでに数十人の僧侶と、他の宦官たちがソラの到着を待っていた。

定型化された儀式だったが、最近は読経の熱のこもり方が違う。

なぜならば国王である儀晃が今、病の床に臥《ふ》しているからだ。

原因は不明で、「心の病ではないか?」と医者は言っている。

「ソラ様、こちらを」

「はい」

紫煙の上る長い線香を宦官から受け取り、ソラは白磁の香炉に刺した。

すると祭壇の前に並んでいた僧侶たちが、一斉に経を読み始める。

その後方で両膝《りょうひざ》をついたソラは、静かに祈りを捧げた。

（どうか、儀晃様の病気が治りますように。そして荒れつつある国に、平穏が訪れますように）

闇獣国には、すでに荒廃の兆しが表れていた。

儀晃が臥せってからというもの、穀物の育ちが悪く、国民の心も荒み、凶悪な犯罪が増えてきたのだ。

きっと儀晃の魁が復活し、彼自身も元気になれば、闇獣国は以前のように豊かで、平和な国に戻るのだが……。

香の香りが本堂いっぱいに満ちた頃。読経は止《や》み、朝の儀式は終わった。

目を閉じて祈りを捧げていたソラは、肩の高さで切り揃《そろ》えられた黒髪を耳にかけ、顔を上げた。

その横顔は凛《りん》としていて、美しいという言葉以外見つからない。

筆で描いたようなすっとした眉《まゆ》に、黒曜石かと見まがうばかりの大きな瞳。

まつ毛は長くて上品な扇子のように広がり、薄く形の良い唇は椿《つばき》の花を思わせる。

白く滑らかな肌はきめ細やかで、頬《ほお》は健全なソラの精神と肉体を表すように、健康的な桃色をしていた。

背の高さは五尺四寸とあまり高くはないが、手足がすらりと長く、均整の取れた体軀《たいく》をしているので、小ささを感じさせない。

人口が少ない銅珠は、見目麗しい者が多いが、その中でもソラの美しさは際立っていた。これも聖なる銅珠ゆえの輝きなのかもしれない。

ほんの少しだけ装飾がされた専用の食堂室で、ソラは野菜入りの饅頭《まんじゅう》と豆乳で朝食を済ませた。

するとすぐさま宦官がやってきて、ソラを衣裳部屋へと連れていく。

そこで外出用の深衣に着替えさせられ、黒髪に白牡丹《しろぼたん》の髪飾りを着けられた。

これから儀晃を見舞うためだ。

この国では、清純や純血の象徴とされる聖なる銅珠は、婚姻するまで色のついたものを身に着けることができない。

だから、ソラの世界に色はない。

真っ白な服や空間は、ソラの心そのものだった。

宦官や護衛の者を引き連れて、ソラが乗った馬車は儀晃が住む闇獣城へ向かった。

ゆっくり進む馬車の御簾《みす》越しに、あらゆる香りや街の喧騒《けんそう》、活気ある人々の声が聞こえてくる。

すると当然のように好奇心が湧《わ》くのだが、決して外を見てはいけないと、ソラは宦官に厳しく言われていた。

それはソラの美しさを隠すためでもあるが、億万が一『運命の番《つがい》』に出会わないよう、警戒してのことだった。

ソラはまだ発情期を迎えていないので、金珠を酔わせる甘い芳香を醸し出してはいない。しかし発情期を迎えた銅珠は、正気を失った金珠に首筋を噛《か》まれ、無理やり番にされないよう、護身用の首輪を着けていた。

これによって、発情期を迎えた銅珠かどうか、見極めることができるのだ。

「ソラ様、闇獣王様のお城に着きました」

「ありがとう、恒星《こうせい》」

恒星という名の宦官は、ソラの教育係だった。

今年四十を迎えるという彼は、丸い顔に優しい笑みを湛《たた》え、いつも穏やかだ。恒星が怒ったところなど一度も見たことがない。また不機嫌な様子も。

彼はソラに日常作法から、妃となった時の振る舞い方。もっと言えば、銅珠としてどう生きるのか？　までを教えてくれた。ソラにとっては師であり、心の内を語れる唯一の銀珠の人間属だ。

恒星に片手を支えられ、ソラはゆっくりと馬車を降りた。

果てしなく大きな門扉は漆黒の瓦《かわら》で覆われ、闇獣城が別名濡羽《ぬれば》城と呼ばれていることに納得する。

しかしここは、広大な敷地の正門に過ぎない。ここから先は闇獣城専用の馬車に乗り、最低限の宦官と護衛しか連れていけないのだ。

闇獣王儀晃はとても神経質で疑り深い性格をしている。それゆえ、自分の側近……しかもごくわずかな者しか信用していないそうだ。

よって許嫁の馬車であろうと城内に入れることは許さず、自分たちで用意した馬車と御者で殿舎まで来いというのだ。

このことに慣れているソラも恒星も、屈辱など一切感じず、素直に闇獣城の馬車に乗り込んだ。

すると馬車は、綺麗《きれい》な石畳の上を静かに走っていく。

闇獣王が儀式を行う安泰宮を抜け、政治を執り行う新昌殿も抜けて、その後三つもの殿舎を通り過ぎ、やっと儀晃の寝所である養生殿に着いた。

鯉《こい》の泳ぐ池に架けられた橋を渡り、揺れる柳の横にある石階段を上ると、石柱で支えられた殿舎に入る。

漢方薬の香りがふわっと漂い、未《いま》だ儀晃が床に臥せっていることを察した。

「儀晃様」

寝所に入ると、前回会った時よりもさらにやつれた儀晃が横たわっていた。

「……ソラか」

「はい。今日は儀晃様が大好きな梨を持ってまいりました」

「ありがとう。では、早速いただこうか」

「かしこまりました」

ソラは恒星が持っていた籠《かご》の中から一番大きな梨を手にすると、儀晃の寝台の横に座った。すると儀晃の宦官が、すっと果物用の小刀を差し出す。

「しゃりしゃりといい音がするな。しかも、なんて甘い香りなんだ」

ソラが皮を剝《む》き出すと、瑞々《みずみず》しい芳香が寝所を満たす。

「この梨を召し上がれば、きっとご病気もすぐに良くなりますよ」

微笑《ほほえ》むと、儀晃も力なく微笑み返した。

儀晃は黒く長い髪を後ろで一つに結わき、着衣の乱れもなく寝台に寝ていた。

歳の頃は四十代前半にしか見えないが、実は魁のおかげで四百歳を超えているらしい。

今は痩《や》せてしまったが骨格はしっかりとしており、鼻筋の整った男性的な顔をしている。特に切れ上がった涼やかな目元は、見る者を魅了するだろう。

狼属の……しかも金珠は体軀立派で背も高い。

彼もそれを体現していて背も高く、五尺四寸しかないソラよりも頭一つ分背が高かった。

彼らは頭部に立派な狼の耳を冠している。

また艶《つや》やかでふさふさの尻尾《しっぽ》が生えており、その毛並みで健康状態がわかるほどだった。

今、儀晃の尻尾は元気もなく毛並みもぼさぼさだ。

「儀晃様、尻尾にお櫛《くし》を通しましょうか？」

起き上がり、ほんの少し梨を食べた儀晃に訊《たず》ねると、ゆるく首を振られた。

「大丈夫だ。それよりヒイラギにそっくりなお前のかんばせを、よく見せておくれ」

「はい」

ヒイラギとは儀晃の先代の妃で、ソラの高祖伯父《こうそはくふ》に当たる。

しかし百年前に不慮の事故で亡くなり、その時の儀晃の悲しみようは、見ている者さえ辛《つら》くなるほどだったという。

なぜならば二人は『運命の番』だったからだ。

『運命の番』とは魂と魂が惹《ひ》かれ合い、抗《あらが》うことのできない絆《きずな》や愛情で結ばれる番をいう。

けれども『運命の番』と出会うのは何万分の一の確率で、そんなものはまやかしだと否定する者さえいた。

だが、儀晃は語ってくれた。

初めてヒイラギに出会った時、互いの魂が震えたと。

長年出会うことのできなかった半身と、やっと出会うことができたと。

滑らかなソラの頬を撫《な》で、指で鼻筋を辿《たど》り、赤い唇を愛《いと》おしげに見つめると、儀晃はゆっくりと顔を近づけてきた。

（あっ！　いけないいっ！）

慌ててソラが顔を逸《そ》らすと、儀晃は不愉快そうに眉根を寄せた。

婚姻前の聖なる銅珠は、たとえ番になる相手であっても、口づけや性交をしてはいけない。なぜなら発情期が来る前に銅珠が性欲に溺《おぼ》れてしまうと、発情期そのものが来なくなってしまうからだ。

発情期が来なければ、妊娠しにくい銅珠はさらに子どもができなくなる。それを避けるために、聖なる銅珠は発情期前の口づけや性交を固く禁じられていた。

儀晃もそのことを知っているのに、時々こうしてソラの唇を奪おうとしてくる。きっとそれは今なお愛しているヒイラギの姿を、ソラに重ねているからだろう。

（僕自身を愛してはくれないのかな？　僕はやっぱり高祖伯父の身代わりで、ただ世継ぎを産むための存在でしかないのかな？）

まつ毛を伏せたソラに、儀晃が大きくため息をついた。

口づけを拒んだことで興醒《きょうざ》めしたのかもしれない。

ヒイラギとの間に子どもがいなかった儀晃は、焦っているところがあった。

世継ぎがいなければ、闇獣国は他国の属国になるか、滅んでしまう。

ゆえに早くソラを孕《はら》ませようと、発情期前なのに身体《からだ》を求められそうになることもしばしばだった。

「今日はもう帰れ。少し疲れた」

再び横になった儀晃は、もうソラを見ようとはしなかった。

「はい……」

恋愛という感情はわからないけれど、やはり夫となるべき相手に冷たくされれば、ソラも傷つく。原因が理不尽なものであれば特に。

ソラに非はないのだが、自分が儀晃を怒らせてしまった気がして、重たいため息と一緒に養生殿を出た。

「大丈夫でございますか？　ソラ様」

恒星に心配されて、微笑んだ。

「うん、大丈夫。僕に発情期が来れば、解決する問題だから」

自分で口にして、自分の言葉にまた傷ついた。

これでは自ら世継ぎを産むための器だと、認めているも同然だ。

本で読むような激しく運命的な恋がしたいと贅沢《ぜいたく》は言わないが、ソラも死ぬまでに一度は、想い想われる相手と幸せな時間を過ごしてみたかった。

＊＊＊

激しい風が窓を揺らした。

初秋とはいえ、ここ数か月乾いた風が吹いていた。

雨が降らない日が続き、今年の農作物は昨年の七割にも満たないだろうと、近所の農夫は嘆いているらしい。

「恒星、この国はどうなってしまうのかな？」

柘植《つげ》の櫛で髪を梳《す》いてくれている恒星に、鏡台越しに訊ねた。

「そうですね。私もこのようなひどい干ばつを経験したことがないので、わかりかねます」

困ったように微笑んだ恒星に、「……だよね」とソラも呟《つぶや》く。

儀晃の魁が弱まっているのは明白だった。

闇獣国はここ数年、目に見えて荒廃が進んでいる。

三年前にはひどい疫病が流行《はや》り、女性や子どもを含む多くの者が亡くなった。

病床からではあるが、儀晃も体調を鑑《かんが》みつつ、政治は行っている。けれども彼自身の魁が弱まっているので、どんなに善政を敷いても、天候や風を操ることができないのだ。

夜の身支度を終え、恒星に見守られながら布団に入った時だった。

「ソ、ソラ様！　恒星様！　お起きください！　寺院が……寺院が……っ」

「どうしたのです？　そんなに慌てて！」

部屋に駆け込んできた宦官を窘《たしな》めるように恒星が問うと、開けられた扉の向こうからひどく焦げ臭い匂《にお》いがした。

「寺院が燃えております！　今すぐお逃げください！」

「寺院が⁉」

一瞬、何を言われたのかわからなかった。

しかし呆然《ぼうぜん》としていると、恒星に強い力で腕を摑《つか》まれ、布団から引っ張り出された。

「うっ……」

けれども空気が乾いていたせいか。部屋を飛び出した時には、もう寺院側の廊下は火に包まれていた。

「今すぐ儀晃様に伝書竜を飛ばしなさい！　この現状をお伝えして、火事を食い止めてもらうのです！」

叫んだ恒星の言葉に、宦官が走り出した。

ソラたちも彼のあとを追うように駆け出すと、もうすぐ裏口というところで、ごうっとものすごい轟音《ごうおん》を上げ、熱風が巻き起こった。

火の粉が眼前を舞い、火傷《やけど》しそうな熱風がソラを襲う。

両腕で顔を覆いながら、なんとか目を開き、前方を見ると、恒星が倒れた柱の下敷きになっていた。

「恒星！　恒星！」

ソラはなんとか柱を退《ど》かそうとした。

しかし柱の内部も燃えているのか。とてつもなく熱く、重く、非力なソラ一人ではどうすることもできなかった。

ならばと今度は恒星の腕を必死に引っ張ったが、彼の身体はぴくりとも動かず、柱に圧《お》し潰《つぶ》されていることがわかった。

「いやだよ、恒星……」

恐ろしい現実がソラの脳裏を過《よぎ》って、鼓動が歪《いびつ》に逸《はや》り出した。

「恒星、恒星っ！」

口を開けるたびに、高温の空気が喉《のど》を焼いた。それでもソラは師だった恒星の名を呼び続けた。

「いやだ、いやだいやだいやだ！　お願いです！　獣人神様っ！　恒星をお助けくださいっ！」

涙でぐしゃぐしゃになった顔で、天に向かって叫んだ時だ。

炎の中に咆哮《ほうこう》が響き、真朱の狼が現れた。

狼といっても、ただの狼ではない。

体長は十尺以上ありそうな巨体で、深緋の瞳でソラを見つめていた。

「お……狼……属？」

しかも立派な体軀は、王族級のものだ。『聖狼《せいろう》』といわれる最高位の狼だろう。

その毛並みは燃え盛る炎の中でも美しく、むしろ輝いている。

瞳は野性的で眼光鋭く、敵意を向けられているのか、情があるのかすらわからない。

しかし次の瞬間、聖狼は一瞬で寺院があった場所からここまで跳んでくると、身体の底から響く重低音で言った。

「ここにはそなた一人か？」

「い、いいえ！　宦官である恒星も……」

「ここにはそなた一人しかいないな？」

念を押すように再び訊《き》かれ、大きくソラは頭を振った。

「いいえ、いいえっ！　ここには二人おります！」

「そなたもわかっているのだろう？　その者が命尽きていることを」

「…………っ」

俯《うつむ》き、ぼた雪のような涙を流しながら、ソラは血が滲《にじ》むほど強く唇を噛んだ。

確かに掴んだ恒星の腕はどんどん冷え、重たい肉の塊となりつつあった。

その時、俯くソラは突然狼に咥《くわ》えられ、恒星から引き離された。そして放り投げるように、背中に乗せられる。

「しっかり掴まっていろ。我が『運命の番』」

「え……？」

低く身体に響く彼の言葉が理解できなかった。と同時に彼の毛並みから漂った香りに、全身が雷に打たれたように反応する。

(こ、これは……?)

どくん!　と大きく心臓が一つ鳴った。

すると鼓動はみるみる速まり、それに呼応するように、身体も芯《しん》から火照《ほて》ってくる。

(何?　一体何が起きたの⁉)

整理がつかない思考と、暴走しそうな本能。

激しく混乱しながらも、ソラは自分を酔わせる彼にぎゅっと抱きついた。

すると聖狼は高く飛び上がり、燃え落ちた天井から一瞬にして外に出た。

刹那《せつな》、がらがらがらっと轟音を立てて寺院が崩れ落ちる。

「恒星……みんな……」

涙が止まらず、柔らかな聖狼の毛に顔を埋め、ソラは声を上げて泣いた。

自分の育った場所。

そして、思い出がたくさん詰まった家。

男性的な聖狼の香りを吸い込むたびに、ソラの意識はくらくらと酩酊《めいてい》し、恒星と寺院を失った衝撃から、力尽きるように意識を手放したのだった。

軍用竜が何匹も夜空を舞い、近くの湖から運んできた水を散布して、寺院の火事はやっと消火された。

竹林で野宿をしていた男の焚《た》き火から、炎は燃え移ったらしい。

幸い生き残った僧侶が、見たことをすべて話してくれた。

いつもソラが花窓から眺めていた竹林。

雨が降らなかったことから竹も土も乾き、あっという間に炎は広がったそうだ。

この話を、ソラは焔獣《えんじゅう》国が建てた天幕の中で聞いた。

怪我《けが》をした僧侶や宦官たちは他の天幕で手当てを受けていて、周囲は野戦病院のようになっている。

＊＊＊

煤《すす》を拭《ぬぐ》われて新しい着物を着せられたソラは、幸い無傷だった。

しかし着物を着替える際に芍薬の痣を見られ、聖なる銅珠であることから、この天幕へ通された。身分の高い者だと判断されたのだろう。

ここは貴族の天幕なのか。太く立派な柱を中心に放射線状に梁《はり》が渡され、見るからに丈夫な布で覆われた空間は、高貴な者しか使わせてもらえない場所のようだ。

なぜなら今座っている寝台も簡易のものではなく、しっかりとした四つ足の枠組みに絹の布団が敷かれた物で、行灯《あんどん》も立派で、天幕の中も明るい。

しかも一番奥に飾られた国旗……燃え盛る炎と咆哮する狼の図を見て、これは焔獣国の天幕であることが一目でわかった。

ソラは世間知らずだが、無知ではない。

寺院にあった本はすべて読み、下界のことは僧侶や宦官からよく聞いていた。

その中には好奇心だけの醜聞もあったが、特にソラの心を捉《とら》えて離さなかったのが、近所の街で行われる結婚式や、どこの娘と誰《だれ》の息子が付き合っている……などという恋の話だった。

恥ずかしくて積極的に話に加わることはできなかったが、それでも部屋で一人の時は、本当に好きな人に愛される感覚とは、どんなに素晴らしいものか？　と想像して、胸を高鳴らせた。

聖なる銅珠と崇《あが》めたてられても、ソラの中身はごく普通の十八歳の銅珠なのだ。

「目が覚めたか？」

「は、はい……」

捲《まく》り上げられた天幕の入り口から、体躯立派な男が身を屈《かが》めて入ってきた。

鬣《たてがみ》を思わせる真朱の髪に、立派な狼の耳とふさふさの尻尾。身長は儀晃よりも高く、ソラと頭二つ分は違うだろう。

上質な外套《がいとう》を纏《まと》い、深衣の上からでもわかる鍛えられた身体の彼は、凛々《りり》しい深緋の瞳でソラを見つめた。

その端整な顔に、ソラのときめきは止まらない。

真っ直《す》ぐ通った鼻筋と、きりりとした眉。まつ毛は長く、肉厚で形の良い唇は意志の強さを表すように、真一文字に結ばれている。

健康的に日焼けした肌は、戦場の第一線に立つ軍師であることを表し、筋張った男らしい手には剣胼胝《けんだこ》ができていた。

しかしソラを一番落ち着かなくさせたのは、彼から香る匂いだった。

(この香り……)

彼は、先ほど自分を救い出してくれた聖狼と同じ香りがした。

懐かしいような……それでいて生命力が漲る力強い香りに、ソラの鼓動は再び速まる。

(あの立派な聖狼は、この人だったんだ)

変身することができない人間属と違い、自分の意志で変身できる狼属は、しばしば姿を変えて戦場へ赴いたり、狩りをする。

彼もきっと真朱の聖狼に姿を変えて、炎の中に飛び込んできてくれたのだろう。

寝台を軋《きし》ませて隣に座った彼に、赤くなった頬を隠すように俯いた。

半歩横にずれてしまったのは、彼の香りから逃げるためだ。

「そなたの名前は？」

「ソ、ソラです」

ふわりと舞った芳香に、本能が揺り起こされそうだ。

「歳は？」

「十八です」

「発情期は？」

「まだです」

「闇獣国の聖なる銅珠だというのは本当か？」

「はい」

矢継ぎ早に問われて、おっとりした性格のソラは必死に答えた。

しかも、彼の香りに反応しているソラは顔が火照り、そわそわと落ち着かない気持ちでいっぱいだ。真正面から彼の瞳を見ることができない。

「あの……あなた様は？」

やっとのことで問いを口にすると、ほんの少しだけ彼は口角を上げた。ちらりと見えた牙《きば》が愛おしい。

「俺の名前は稜光《りょうこう》。焔獣国の王だ」

「え、焔獣国の……王様!?」

立派な装いをしているので身分が高い人物だとは思ったが、まさか焔獣国の王だとは考えていなかった。

彼は外遊先から自国へ帰る途中、闇獣国へ立ち寄り、偶然寺院の火事に遭遇したそうだ。

「先ほどは、命を助けていただきありがとうございました！」

慌てて頭を下げると、大きな手で黒髪を撫でられた。

「構わん。それよりそなたが助けようとしていた宦官を、救うことができなくてすまなかった。もう少し早く俺が寺院の中に入っていれば、助けられたものを」

恒星を思い出して深く項垂《うなだ》れると、稜光は懐からゆっくりと真紅の首輪を取り出した。

「それは？」

「そなたにやろう」

しなやかで厚みのある革に、精緻《せいち》な銀細工が施された首輪は、白くて細いソラの首によく似合った。

「あの、僕はまだ発情期を迎えていません。ですから首輪は不要かと……」

美しい首輪に手をやりながら稜光を仰ぐと、真剣な眼差《まなざ》しを向けられた。

「あと数時間後には、発情期を迎えるかもしれんぞ？」

「なぜ？」

「俺とそなたは、出会ってしまったからだ」

含みを持たせた彼の言葉に首を捻《ひね》る。

「ソラももうわかっているのではないか？　我らが『運命の番』だということを。そして『運命の番』に出会うと、銅珠は発情期を迎えるということを」

「運命の……番？」

「そうだ。俺は一瞬でわかった。清楚《せいそ》で可憐《かれん》な鈴蘭《すずらん》のようなこの香りに、俺はソラが『運命の番』だとすぐに覚《さと》った。そなたもそうだろう？」

(そんな……稜光様が僕の『運命の番』なら、儀晃様と番《つが》うはずの僕は、どうなっちゃうの？)

稜光の香りに反応する身体の変調に、ソラも気づいていた。

しかし、これが『運命の番』同士にしかわからない変調なのかと思うと、果てしない喜

びと、底知れない恐怖が一気に襲ってきた。

「ソラ様」

その時、闇獣城からの使いだという宦官が訪れ、頭を低く垂れながら兵士とともに入ってきた。

「このたびは寺院が大変なことになり……お身体の自由が利かない国王様に代わり、お迎えに参りました」

「迎えに……ですか？」

「はい。ソラ様は国王様の許嫁でございます。十八歳におなりあそばしたからには、寺院の再建を待つことは不要。今すぐ闇獣城へお連れするよう仰せつかっております」

「そうですか……」

きっと伝書竜が城に着き、すぐさま迎えを寄こしたのだろう。宦官は公人に会う服装ではなく、平素城の中で過ごすような簡易の深衣を身に纏っていた。

（これは当然のこと。仕方のないことなんだから……）

『運命の番』に出会えた嬉《うれ》しさを噛みしめるには、全然時間が足りなかった。しかしソラは、一度だけ……と稜光の手を握ると、ゆっくり腰を上げた。

彼の手はとても温かかった。

大きかった。

硬かった。

この感触を一生忘れないよう、ソラがぐっと手を握り込んだ時だった。

「この者を、闇獣城へ行かせるわけにはいかぬ」

「えっ？」

その場にいた者が皆、立ち上がった稜光の言葉に目を瞠《みは》った。

「こ……これはこれは、焔獣王稜光様。ソラ様をお助けいただき、本当にありがとうございました。お礼は後日盛大に……」

「そうじゃない」

冷や汗をかき、慌てて言葉を続けた宦官に、稜光は大きなため息をついた。

「この者は今、心に傷を負っている。それは目に見えないが、大きな傷だ。何せともに暮らしてきた者たちを失ったのだからな」

「はぁ……」

宦官は、何を言われているのかわからないといったふうに、稜光を見た。

「よってソラは負傷者も同じ。ここにいる者の傷が癒《い》えるまで、焔獣国が責任を持つという協定通り、心の傷が癒えるまでソラの面倒は俺が見よう」

「な、なんと！　稜光様直々に、他国の聖なる銅珠の面倒を見るなど……どういう意味かおわかりですか？」

「もちろんだ。理解している」

顔色を変えた宦官に、稜光は真っ直ぐ視線を送った。

それは何かを覚悟しているようにも見えた。

「儀晃にもそう伝えてくれ」

「か……かしこまりました」

ごくりと唾《つば》を飲み込んだ宦官の顔色は、青を通り越して白くなっていた。

この状況に、ソラはおろおろするしかなかった。

（一体どうしたんだろう？　僕はここにいてもいいのかな？）

戸惑っているうちに宦官は再び深く頭を下げると、兵士とともに出ていってしまった。

「な、何が起きたのですか？」

突っ立ったまま稜光に訊ねると、ふいにソラは腕を引っ張られた。

「うわっ……！」

「そなたは何も心配することはない。絶対に俺が守ってみせる」

（稜光様が……僕を、守る？）

言葉の意味もわからないまま、ソラはただおとなしく抱かれていた。

心臓がとくとくとく……と小走りになる。

鍛えられた胸の感触に頬を赤らめつつ、それでも彼から離れたくないと願う自分がいた。

出会って間もないのに、永遠に離れたくないという自分が——。

その時だ。

「あぁっ……！」

ソラの身体に、突然異変が起きた。

「な、何……これ……っ」

感じたことのない重たい熱が、身体の奥底で次々生まれる。

全身がずくんっずくんっと脈打って、肌がぴりりと過敏になった。

「あ……あぁ……」

喉が渇いているわけではないのに、腹の底からえも言われぬ渇望感が湧き出して、真紅の首輪に手を当てた。

「どうした？　どうしたんだ、ソラ！」

突然の変化に、稜光も驚いているようだった。

しかし彼を気遣うこともできないほどの劣情が、脳を……そして下半身を襲い、稜光から逃げるように、ソラはよろよろと天幕の隅へ身体を寄せた。

「だめです……来ないで……っ！」

「そなた……もしかして、発情期が来たのか？」

「発、情期？」

「あぁ、香りが変わった。こんなにも妖艶《ようえん》で甘い香りは、嗅《か》いだことがない」

「甘い……香り……」

それはさっきから自分も感じていた。

まるで花の蜜《みつ》を思わせるような甘い体臭を、自分でも嗅いだことがない。

しかも香りに呼応するように稜光の目が欲情にぎらつき出し、そのぎらつきを怖いと思う前に、全身で受けとめたいと思ってしまった。

「いかがなさいましたか⁉」

ソラの叫びを聞いたのか。数名の兵士が甲冑《かっちゅう》音を響かせて入ってきた。

「なんでもない。お前たちは下がっていろ」

「はっ」

片手で兵士を制し、稜光が傍らに跪《ひざまず》いた。

触れてくる彼の指から逃れようとしたが、やすやすと抱き上げられてしまう。

「これより何人《なんぴと》たりともこの天幕に通すな……たとえ、他国の王であってもな」

稜光の言葉に兵士たちは出ていくと、丁寧に天幕の入り口を閉めた。

「稜光……様……？」

布に擦《こす》れても反応してしまう身体を、ゆっくりと布団の上に下ろされた。

冷たい絹の感触にほっとしたものの、突然着物の帯を解かれ、ソラは驚いて稜光の手を掴む。

「な、何をなさるのですか!?」

「これからそなたを抱く」

「え……っ？」

彼の言葉に、一瞬思考が停止した。

しかしすぐに我を取り戻すと、ソラは着物を脱がそうとする手を必死に制した。

「いけません！」

「なぜ？」

「な、なぜって……僕は儀晃様の……っ」

「その渇き、俺にしか癒《いや》せないぞ？」

「!?」

渇きがあるなどと一言も発していないのに、稜光はソラの心を読んだかのように言った。

「その渇きは儀晃では癒せない」

「どうして、そうおっしゃるのですか？」

「俺の中にも同じ渇きがあるからだ。この渇きは、そなたにしか癒せない」

「稜光様……」

真摯《しんし》な瞳で見つめられ、彼を摑んでいた手からするすると力が抜けた。

互いにしかわからない香り。

互いにしかわからない渇き。

そして、互いにしかわからない愛おしさ。

(あぁ……これが『運命の番』なんだ)

組み木細工のからくり箱がすっと嵌《はま》るように、混乱していたソラの心が一つに纏まった。

(僕は、この人が好きなんだ)

出会ったばかりだというのに、これが本当の恋なのだと本能が教えてくれた。

心が、身体が、全身が彼を欲していた。

もう、ソラの中に迷いはなかった。

「稜光様……今だけは、僕をあなたのものにしてください」

この先どんな運命が待ち受けていようとも、一度でいいから彼に抱かれたかった。抱いてほしかった。

「安心しろ、ソラ。必ず添い遂げようぞ」

「ありがとうございます。まるで夢のようなお言葉です」

『運命の番』に出会えた喜びと、決して結ばれない自分たちの未来。

零《こぼ》れていた涙を稜光に拭われて、ソラは初めて自分が泣いていたことに気づいた。

「泣くな、ソラ。どうやら俺はそなたの涙に弱いようだ。胸が軋む」

苦しげな表情をした彼に、ソラは涙を拭《ふ》いて微笑み返した。

端整な顔が近づいてきて、おとなしく目を閉じる。

生れて初めての口づけは、想像していた以上に優しくて、温かくて、そして甘かった。

稜光の舌が唇をなぞり、それに応《こた》えるようにあわいを開く。

「ん……」

熱いほどのそれはソラの歯列を辿り、顔の角度を変えて深度が増した。

「ふ……ぁ……」

戸惑う舌を絡めとられ、先端を緩く吸われる。

ざらりと触れ合った表面に、肌が粟立《あわだ》った。

（こんなの……知らない……）

熱い身体がさらに火照る。

稜光への愛しさと、彼を全身で感じたいという欲望が、どんどん膨らんでいった。

愛の営みとはどのようなものか？　将来国王の妃となる身だ。ソラだって子をなすために、春画を使って学んできた。

しかし春画には、このようなことは書いていなかった。

愛しいという感情が、さらに欲情を煽《あお》ることを。

「あぁ……だめ……」

前を寛《くつろ》げられて、まだ何者にも触れられたことのない乳首が露《あら》わになった。

恥ずかしくて両腕で胸を隠そうとしたが、その腕を頭上でひと纏めに押さえ込まれてしまう。

「恥ずかしがっていては、互いを知ることはできぬ。美しいそなたのすべてを見せてくれ、ソラ」

先ほどまで自分の口内にいた舌が、過敏になった乳首に触れた。

「ひゃ……ん」

甘い電流が全身を突き抜け、ソラは逃げたい気持ちとは裏腹に、胸を突き出してしまう。

「あぁ……やん……っ」

ちゅっと吸われて、もどかしい熱が生まれる。

もう片方の乳首を指で捏《こ》ねられて、その熱はどんどん下半身に溜《た》まり出した。

思わず擦り合わせた太腿《ふともも》の間で、自身が頭を擡《もた》げているのがわかった。

（や、やだやだっ！　こんなの恥ずかしい！）

いつの間にか解放された手で、ソラは必死に口元を押さえる。そうしないと、自分でも聞いたことがないようなはしたない声が、出てしまいそうだったからだ。

外套を脱ぎ捨て、深衣の襟元を緩めた稜光が、ソラを見て口角を上げた。

「思う存分声を上げればいい。ここには誰も入ってこない」

「で、ですが……」

真っ赤になった目元で見つめると、稜光はソラの黒髪を撫で、触れるだけの口づけをしてくれた。

「そなたの声がたくさん聞きたい。そなたを啼《な》かせるために愛を施しているのに、黙っていられては悲しすぎる」

「は、はい……」

この言葉に、全身の力がふっと抜けたソラは、おずおずと稜光の首に腕を回した。

「ど、どんなはしたない僕でも、好きでいてくれますか？」

ソラの問いに瞳を見開いた稜光は、次の瞬間蕩《とろ》けるような笑みをくれた。

「あぁ。どんなソラでも愛している。だからそなたのすべてを見せてくれ」

着物を脱がされ、熱い身体にひやりと外気が触れた。

これから行われることに、どきどきが止まらない。

しかも相手は『運命の番』で、この世で一番好きな人だ。

しかし、決して結ばれることのない『運命の番』。

自分には、闇獣王儀晃という許嫁がいる。

稜光もまた、国へ帰れば許嫁がいるのだろう。

焔獣国の聖なる銅珠が。

「はっ、あ……ん……っ」

桜色の乳首は赤く熟れ、てらてらと光るほどに舐《な》め回された。

大きな手でわき腹を撫でられて、くすぐったくて身を捩《よじ》る。

腰骨のあたりに唇が落とされて、赤い鬱血《うっけつ》の花が咲いた。

「ひゃっ……だ、だめっ！」

突然膝裏に手を入れられ、ソラは大きく足を開かされた。そして薄い下生えから屹立《きつりつ》する性器を凝視される。

「りょ、稜光様、そんなに見つめられては困ります……っ！」

羞恥《しゅうち》から股間《こかん》を両手で隠すと、手の甲に口づけられた。

「ソラのすべてが見たいと言っただろう？　俺のことが好きならばこの手を退けろ。可愛《かわい》いそなたがよく見えん」

「……っ！」

ずるいと思ったが、少しでも稜光に自分の想いを伝えるべく、ソラは真っ赤になりながら、ゆっくりと手を剝《は》がした。

するとと当たり前のように性器を口に含まれて、驚きと快感に背中が撓《しな》った。

「あぁ……っ！」

ぬるりと温かい稜光の口内は、強弱をつけるようにソラの肉茎を愛撫《あいぶ》した。

敏感な先端を舌先で抉《えぐ》られて、強すぎる刺激に頭を振った。

「やぁ……あぁ……ん、稜光様ぁ……」

体内から生まれる熱が、涙となって眦《まなじり》から落ちる。

同時に耐えがたいほどの愉悦がソラを襲った。

（だめ、だめ！　このままだと稜光様のお口に出してしまう！）

快感の波がソラを翻弄《ほんろう》し、白い果てが視界にちらつき出した。

王の口内に射精することだけは避けたくて、ソラは唇を噛んで必死に耐える。

しかし稜光の愛撫は容赦なくソラを追い立てて、「いけません！」と口にする前に、彼の口内に射精してしまった。

「……うぅっ……申し訳ありません」

「なぜ謝る？」

しかも射精した精液を飲み込まれて、これ以上ない羞恥を覚えた。

「だって、その……大変失礼な粗相を……」

「粗相などではない。これは愛ある行為だ。それにそなたは聖なる銅珠。我ら国王に魁を与える者だ」

笑って上半身を脱いだ稜光の身体に、ソラは釘《くぎ》づけになる。

深衣の下はやはり鍛えられていて、戦で負ったものなのか、痛々しい古傷があった。

考えるよりも先に古傷を指で辿ると、たまらないといった様子で口づけられる。

噛みつかれたかと思うほど情熱的な口づけに、収まった劣情が再び頭を擡げた。

「あっ……！」

その時、内腿を撫でていた手がソラの小さな尻《しり》を摑み、健気《けなげ》な秘蕾《ひらい》に触れた。

先ほどから施される愛撫にすっかり潤んでいたそこは、くちゅりと音をさせて、稜光の指を飲み込んだ。

「あ……あぁ……んんっ」

初めて体内に受け入れた指は太く、長く、ソラは助けを求めるように稜光に抱きついた。

すると額に口づけながら優しくあやされて、強張《こわば》っていた身体からゆるゆると力が抜ける。

「ふっ、あぁ、あん……あぁっ」

ソラの緊張が解《ほぐ》れるのを待っていたのか。

途端に稜光の指の動きが大胆になり、じゅぶじゅぶと淫音を響かせながら、指の抜き差しが始まった。

「ひ……んっ、やぁ……あぁぁ」

羞恥と快楽に涙を零し、ソラはさらに強く稜光に抱きついた。

すると太腿のあたりに恐ろしいほど大きくて、そしてごりごりと硬いものが当たった。

（も、もしかしてこれは……？）

一抹の不安とともに稜光の顔を見ると、にやりと笑う彼がいた。

「安心しろ、ちゃんと入る。そういう身体にそなたはなってる」

「本当、ですか……？」

「あぁ」

彼は笑顔だったが、棍棒《こんぼう》のように長大なあれが、自分の中に納まるとは到底思えなかった。

いつしか指は二本に増やされ、抽挿の速度も速まった。

「あぁっ！　やん、やだぁ……あぁ……っ」

内壁を擦るだけだった指は、ふっくらと膨らんだソラの前立腺《ぜんりつせん》を捉え、かすめるように何度も刺激する。

「ひっ！　んん……っ」

(知らない！　知らない！　こんなに前立腺が気持ちいいなんて、誰も教えてくれなかった！)

人体学的にそういう場所があることは恒星から学んでいたが、目も眩《くら》むような快楽を導き出す場所だとは知らなかった。

「あぁん、あぁぁ……っ」

すっかり勃《た》ち上がったソラの肉茎は、鍛えられた稜光の硬い腹筋に擦られ、先端からとろとろと蜜を零す。

この光景に興奮したのか、稜光の息遣いが一層荒くなった。

「ソラ、ソラ……愛しいソラ」

唇を吸われて、ソラも必死にそれに応えた。

さらに指を増やされて、自ら大きく足を開く。

稜光に口づけられるたび、名前を呼ばれるたび、固く閉ざされていた秘蕾が開花するように綻《ほころ》んでいく。

「あっ、あっ……稜光様、また、きてしまいます……」

二度目の絶頂を訴えると、稜光が目を細めながら指を引き抜いた。

喪失感に心許《こころもと》なさを感じていると、身体をころりとひっくり返される。

「初めてならば、この体勢の方が辛くない」

耳元で囁《ささや》かれ、「とうとう……」と思う。

すると指で背中をつっと辿られて、ソラは何かと振り返った。

「美しい芍薬だな。聖なる銅珠に芍薬の痣があるのは知っていたが、刺青《いれずみ》のように鮮明で、ここまで精緻なものは見たことがない」

感心している稜光に、気恥ずかしさを感じる。

自分も鏡でしか見たことはないが、痣は歳を重ねるごとにくっきりと浮かび上がり、鮮やかに咲き誇っていた。

まるで金珠の王に、愛《め》でてもらいたいと言わんばかりに。

芍薬の痣を稜光に舐められて、ぞくぞくする快感がソラを襲った。

「あ……」

後方から手を回されて、つんっと立ち上がった乳首を摘《つ》まれる。

「いや、いや……そんな、なさらないで！」

稜光の武骨な指は、不器用に見えて実は器用だった。

くりくりと指先で乳首を捏ねたかと思うと、きゅっと甘く引っ張り上げ、そして乳頭が完全に立ち上がると、ぷるぷると爪《つめ》で何度も弾《はじ》かれた。

「やあ……あぁ、ん、あぁ……」

あまりの気持ちよさに、ソラは枕《まくら》に額を擦り当てながら敷布を摑んだ。

じんじんと悦楽が湧き出して、胸だけで果ててしまいそうになる。

ソラの意識もすっかり蕩け、快感だけを追い求める身体になった頃。大きな手で腰を摑まれた。

そして息も絶え絶えなソラの中に、凶器のような彼の肉塊が入ってくる。

「ひ、ん……あっ、あぁ……」

絶対に入らないと思っていたのに、それはゆるゆると……そして確実にソラの中を押し進んでくる。

彼の形に身体を開かれ、ソラの眦から喪失とも歓喜とも取れる涙が零れた。

(僕はもう、稜光様のものだ。儀晃様のものではない……)

そのことが、ソラの心を締めつけた。

しかし世界で一番大好きな『運命の番』に純潔を捧げたのだから、罪悪感こそあれ後悔はない。

「あっ、あっ、あっ、あっ、あぁ……」

最初はソラの様子を窺《うかが》うようにゆっくりと。そうしてソラの身体に負担がないと知ると、稜光の動きはだんだん大きくなった。

「あぁっ、稜光……様ぁ……っ」

腰を突き上げられるたびに腸壁が擦られて、たまらない熱を生んだ。

しかも狙《ねら》ったように前立腺を刺激され、悲鳴のような嬌声《きょうせい》が上がる。

覆い被《かぶ》さるように腰を振られて、ソラも彼を求めるように尻を上げた。

すると挿入角度が深くなり、最奥の腸壁に熱い先端が触れた。

「あぁぁ……っ」

目の前に白い星が散り、子宮がきゅうっと収縮するのがわかった。

心だけでなく、身体も生殖器も彼のすべてを欲していたのだ。

「お願いです、稜光様……僕を、あなたのものにしてください……」

ぽろぽろと涙が零れる瞳で懇願すると、振り返った先の稜光が苦しげに眉を寄せた。

「いいのか？」

「はい。僕はいつでも稜光様の愛を、身近で感じていたいのです」

彼の精を一度体内に放ってもらえば、それはいずれ自分の細胞と溶け合い、稜光と一つになれる気がした。

そうすれば、儀晃のもとへ嫁いだとしても、一生稜光のそばにいられる。

ソラの言葉に、彼の瞳がぎらりと雄に変わった。

すると腰使いはさらに激しくなり、稜光はがちりっと音をさせて、ソラの首輪に嚙みついた。

「稜光……様……ぁっ」

きっと金珠が銅珠の首筋に嚙みつくのは、本能なのだろう。

それは王であっても同じこと。

何度も何度も首輪に歯を立てる彼に、ソラは愛しさすら感じた。

（このまま首輪を取って、本当に稜光様のものになれればいいのに……）

「はっ……あん、あぁ……んっ」

腰の動きに合わせて、ソラの可憐な肉茎も手で擦られ、ソラは抗う間もなく二度目の射精をした。

「あぁぁ……っ」

すると体内の稜光をきゅうっと締めつけてしまい、同時に体内に熱い迸《ほとばし》りを受ける。

いつ終わるともわからないほど長く吐精され、たっぷりと精を注がれた。

それを奥へと送り込むようにゆったりと腰を動かされ、もう一度果てた気がする。

ずるりと稜光が出ていくと、健気な蕾《つぼみ》からこぷこぷと精液が溢《あふ》れた。

その様子も稜光に見られているのだと思うと、全身が焼けるように熱い。

「ソラ、身体は平気か？」

「はい……」

向かい合うように横になり、まだ汗も引かない互いの身体を抱き締めあった。

稜光の胸に耳を当てると、鼓動が速い。

こんなになるほど自分を求めてくれたのかと思うと、なんともいえない恍惚《こうこつ》感に包まれた。

額に口づけられて目を閉じると、黒髪を撫でられる。

心地よさにうっとりしていると、さらに深く抱き締められた。

（あ、稜光様の香りが変わった！）

先ほどまでは噎《む》せ返るほど雄の匂いをさせていた彼だが、今は森林を思わせる優しい香りへと変わっていた。

わからないけれど、もしかしたら自分の体臭も変わっているのかもしれない。先ほどから稜光は、すんすんとソラの香りを嗅いでいた。

それがくすぐったくて笑い出すと、稜光はもっと匂いを嗅ぎ出す。そんなお茶目な部分も彼にはあるのだ。

ソラは今、確かに幸せだった。

愛している者に愛されることが、こんなにも心と身体を充実させてくれるとは思わなかった。こんなにも尊いことだとは考えもしなかった。

自分は国王の子を産むためだけの存在に過ぎないと思っていただけに、ソラはこの幸せが永遠に続けばいいと願った。

愛しい番のそばで暮らせたら、自分はどんなに幸福だろう。

真っ白だったソラの心に、『愛』という名の色が咲いた。

第二章　漆黒の思い

稜光に抱かれた身体は、憑《つ》き物が落ちたようにすっきりしていた。

月に一度やってくるという発情期は、金珠に抱かれるとすぐに収まると聞いていたが、本当だった。

用意されていた浅葱色《あさぎいろ》の深衣に腕を通し、ソラは天幕を出た。

色のついた衣を身に纏うのは初めてで、ちょっと不思議な感じがする。

黒い革の靴に足を入れて、ソラが向かった先は寺院の竜小屋だった。

ここにはソラに懐き、言うことをよく聞く竜がいた。

翼竜の中でも身体が小さく、翼を広げても馬三頭分しかない。

普通であれば馬五頭分の大きさがあるのだが、小さなこの竜は小柄な自分に似ている気がして、ソラは愛情を持って小竜《しょうりゅう》と呼んでいた。

緑色の身体に七色に光る鱗《うろこ》を持つ彼に、ソラは鐙《あぶみ》をつけた。

竜の乗り方は恒星から教わっていたので、難なく準備を整えることができる。王族の嗜《たしな》みとして、竜に乗ることは必須《ひっす》だったからだ。

ここは燃え落ちた寺院から少し離れた場所にあるので、焔獣国の兵士もやってこない。しかも日も出ていない早朝だ。消火や看護で疲れ切っていた兵士たちは、みなうつらうつらしていた。

「小竜、お願いがあるんだ」

大きな瞳を向ける小竜の頭を、ソラは優しく撫でた。

「僕を闇獣城へ連れていっておくれ」

なぜ？　と言いたげにくぅ……と鳴いた小竜に、ソラは微笑んだ。

「もう行かなければ。本当の僕の居場所へ」

隣で眠っていた稜光には、手紙を置いてきた。

途中、目を覚ました彼に「どうした？」と訊ねられたが、愛竜の世話をしに行くと言ったら、安心したように目を閉じた。

手紙には昨夜助けてもらったお礼と、『運命の番』である稜光に抱いてもらえた感謝を綴《つづ》った。

そして自らの意思で儀晃のもとへ嫁ぐこと。

それこそが自分たちの幸せに繋《つな》がること。

また、互いの国を平安に導くことを訴えた。

だから決して追いかけてこないでほしいと。儀晃のもとへおとなしく輿入《こしい》れさせてほしいと訴えた。

小屋から小竜を出すと、ソラは跨《また》がって手綱を引いた。

すると小竜は寺院真裏の崖《がけ》から、躊躇《ためら》いなく飛び下りる。

大きく翼を広げて風を捉えると、日が昇りかけた藍色《あいいろ》の空を、一人と一匹は静かに飛んでいった。

早朝の空気は冷たく、厚手の深衣を着ていても肌寒かった。

昨夜の出来事を思い出せば心はもっと寒かったけれど、ソラは何度も自分に言い聞かせた。

稜光との一夜は夢だったのだと。

馬車では二時間かかる道のりも、竜だとあっという間だった。

朝日が昇りきった頃には闇獣城が見え、ソラは竜出し専用の出入口へと小竜を降ろした。

「これはこれはソラ様、早朝にどのようなご用件で」

出入口を守っていた兵士たちに訊ねられ、ソラは本心を悟られないよう笑顔を作った。

「昨夜の火事で住むところを失ってしまったので……儀晃様のもとへやってきました」

本当は寺院の僧侶や宦官たちも連れてきたかったが、怪我人も多く、彼らの管轄は今、焔獣国にある。

ソラは身を切られる思いだったが、一人で儀晃の城までやってきた。

彼らの怪我が治るまで稜光のそばにいたら、きっと永遠に離れられなくなると思ったからだ。

「左様でございますか。ではこちらへ」

小竜は来賓用の竜小屋へ連れていかれ、ソラは城内へと案内された。

もともと静かな闇獣城だが、早朝はもっと静かだ。砂利石を踏む音だけが城内に響き渡る。

儀晃が起きるまでここで待っていてくれと、後宮にある豪奢《ごうしゃ》な部屋へ通された。

専属の宦官がつき、果物と飲み物を持ってきてくれる。

それをありがたくいただき、ソラは緊張で渇いた喉を潤した。

(本当に僕は、一生儀晃様を欺き続けることができるのかな?)

赤い首輪は「発情期が来た」と素直に言えば、なんの疑問も持たれないだろう。

体臭も、花蜜のように甘いものではなく、普段通りに戻っている。

ソラは寝台に座り、儀晃が起きるのを待つことにした。

宦官には「横になってお休みください」と言われたが、とてもそんな気持ちにはなれなかった。稜光に抱かれた身体は、ほんの少し重怠《おもだる》かったが……。

ソラは何度ついたかわからないため息を、もう一度ついた。

自分はこれから稜光とのことは一生秘密にして、儀晃の妃でいなければならないのだ。

嘘《うそ》をつくのは苦手だ。

嘘などつかなくてもいい環境で育ったからだ。

「大丈夫、大丈夫。稜光様のためなら、僕はきっと上手くやれる」

胸に手を当て、自分に言い聞かせた時だった。

「ソラッ！」

両開きの扉を開け、青白い顔をした儀晃が部屋の中に飛び込んできた。

「ソラ……あぁ、愛しのソラ。寺院が燃えたと聞いた時は肝が冷えた。無事でよかった」

ソラの腰に抱きつき、儀晃は両膝に顔を擦りつけた。

「本来ならばすぐに駆けつけたかったが、今の儂《わし》では竜に乗ることも難しくてな」

「大丈夫です、儀晃様。ですが大怪我を負った者も多くて……」

「あぁ、わかっている。すぐに焔獣王稜光に竜を飛ばして、寺院の者は儂のもとで手厚く看護すると伝えよう。寺院の再建も大急ぎで進める。亡くなった者の墓作りもな」

「ありがとうございます」

恒星の最期を思い出して、ソラはきつく眉を寄せた。

「ところでソラ。お前の心の傷はもう癒えたのか？」

「えっ？」

これまで殊勝な態度だった儀晃の目が、ぎらりと光った。

「お前の心の傷は、稜光によって癒されたのか？」

まるで昨夜の出来事を知っているように訊ねられ、こくりとソラは喉を鳴らした。しかしなんとか笑顔を作ると、首を横に振った。

「いいえ、僕の心の傷はまだ癒えていません。ですが早く儀晃様のもとへ来たくて、竜を飛ばしてまいりました。心の傷は、儀晃様に癒していただければと思います」

心臓がどんどんと鳴ったが、儀晃の安堵《あんど》した顔を見て、ほっと息をつく。

「そうかそうか。では儂がお前の心を癒してやろう。ところでソラ、その赤い首輪はなんだ」

再び心臓がどんっと鳴ったが、ソラは口元に笑みを浮かべると、躊躇いがちに答えた。

「僕にもとうとう発情期が来ました。これで儀晃様の子をなすことができます」

「本当か、ソラ！　それはめでたい！　今すぐ婚礼の準備を始めよう！」

儀晃は控えていた宦官に、婚礼の儀の用意をするよう命じた。

「さぁ、大事な身体だ。横になってゆっくり休むがいい」

ソラの身体を優しく寝台に横たえた儀晃の顔は、興奮から紅潮していた。

「ところでお前の発情期はいつ来た？　そしていつ終わった？」

「えっ……？」

本来、発情期は一週間から十日ほど続く。

しかし発情期が来て、すぐに稜光に抱かれたソラは、その期間は一日となかった。

「普通ならば、聖なる銅珠に発情期が来れば、儂のもとへ伝書竜が飛んでくるはずだ。しかしそれがなかったのは、どういうことだ？」

再び儀晃の目が光った気がして、ソラは目線を泳がせてしまった。

「一週間ほど前に来て、昨日終わりました。伝書竜を飛ばさなかったのは、直接僕の口から儀晃様にお伝えしたくて、恒星や他の者にも黙らせていました」

「儂を驚かせたかったのだな？」

「はい。とびきり喜んでいただきたくて」

「愛《う》い奴じゃ。お前の疲れが取れたら、すぐに抱いてやろうぞ」

嬉しそうに笑んだ儀晃に、ソラは必死に微笑み返した。

（そうか。僕は儀晃様に抱かれるんだ）

そう思った途端、ソラの両目から滝のように涙が溢れ出した。

愛しい男ではなく、別の男に抱かれることに、急に恐怖を感じたからだ。

「どうした？　ソラ」

「申し訳ありません。まだ心の傷が癒えていないので、気持ちが不安定で」

嘘を嘘で塗り固め、たった数分のことなのに、ソラはもう疲れてしまった。

これが一生続くのかと思うと、心がどんどん重くなる。

しかも愛しい稜光はここにはいない。

もう一生触れることはできないかもしれない。

「大丈夫だ。安心しろ。ここには怖いことは何もない」

儀晃に抱き締められて背中を摩《さす》られると、さらに涙が零れた。

この涙は、疑いの眼差しばかり向ける儀晃に対する、嫌悪の涙だった。

＊＊＊

焔獣王稜光から手紙が届いたのは、その日の夜だった。

手紙には、当たり障りのないことが書かれていたので、同じ食卓に着いている儀晃に読まれても、なんら問題はなかった。

しかし手紙の端々にはソラを気遣い、ソラの気持ちを尊重して迎えにはいかないという、彼の痛切な想いが込められていた。

（これでよかったんだ……）

稜光からの手紙をそっと懐にしまい、ソラは大きな円卓に載せられた豪華な食事を見た。風呂《ふろ》に入り、宦官から渡された露草色の三重衣に着替えたソラは、儀晃とともに食事をとるよう命じられた。

寺院では滋味溢れる質素な食事が多かったので、目の前に並べられたいくつもの皿が別世界のものに思える。

「好きなだけ食べるといい」

「はい……」

返事はしたものの、数十人前はありそうな豪勢な食事を、儀晃とソラだけで食べきれるわけがない。

ソラは魚を焼いたものと粥《かゆ》を食べて食事を終わらせた。食べきれなかった食事がもったいないな……と思いながら。

食後、部屋へ戻ると寝間着に着替えることなく布団に倒れ込んだ。

今日は疲れた。

儀晃に嘘をつき続けることもそうだが、自分に嘘をつき通すことも大変だった。

「いつか、慣れる日が来るのかな……？」

寝台の天蓋《てんがい》を見つめながら、ソラは呟いた。

天蓋には闇獣国の紋章である黒い竜が描かれていた。

それを見ただけで涙が零れる。

本当の愛を知ってしまった心と身体は、好きではない男のもとへ嫁いだことを、全身で拒否していたのだ。

（首筋を噛まれたわけでもないのに……）

寝返りを打ち、溢れた涙を拭った。

懐から稜光の手紙を出して、再び読み返す。

男らしくて力強い文字に、心が高鳴った。

そして愛しさが込み上げる。

その時、あることがふっと引っかかった。

「なんだろう？　これ」

先ほどは気づかなかったが、手紙に書かれた数字だけが大きく見える。
最初は彼の癖かと思ったが、それだけ読むと、二十三・二十・三十と読めた。
しかも手紙の最後の一行は、ソラでも理解できなかった。
『日付は波のごとく流れ、時間は確かにやってくる』
これは別れの言葉なのだろうと勝手に思い込んでいたが、この言葉に数字を当て嵌める
としっくりくる気がした。
「二十三は……明日の日付で、二十時三十分は時刻……？」
（もしかしてこれって、明日の夜、稜光様がやってくるってこと？）
がばっと起き上がったソラの頬は紅潮していた。
もし自分の読みが本当なら、もう一度稜光に会える！
しかし彼は、自分の意思を尊重してくれたのではないのだろうか？
儀晃のもとへ嫁ぎ、互いの国に平安をもたらすということを。
「あぁ……稜光様……」
でも、稜光に会えると思うと喜びの涙は止まらなかった。
嗚咽《おえつ》が漏れ、今日一日の心労も流れ出た気がする。
「――何を泣いておる？」

突然低い声がして、ぎいっと扉が開かれた。

「ぎ、儀晃様……!?」

これまで聞いたこともないほど重く冷たい声音に、ソラは思わず後退《あとずさ》る。

ひやりと背中に汗をかいた。

ゆっくりとした足取りで、儀晃は寝台に近づいてくる。

「質問に答えろ、ソラ。稜光の手紙を抱き締めて、なぜ泣いていた？」

「そ、それは……」

恨めしそうな表情に震えが走った。

さらに逃げようとしたが、壁につけられた寝台の上では、これ以上逃げることができない。

(何か、何か嘘を考えなくっちゃ……！)

気持ちは焦るものの、儀晃の異様な恐ろしさに声が出なかった。

落ち窪《くぼ》んだ眼はぎろりとソラを捉え、顔も青白く、彼はまるで生気のない人形のようだ。

「お前。もしや稜光に、処女を差し出したわけではなかろうな？」

「あ、ありません！　何故《なにゆえ》そのようなことを……」

引き攣《つ》った笑みでごまかすと、儀晃は脇《わき》にあった丸机を蹴《け》り倒した。

大きな音を立てて花瓶が割れ、ソラは身を縮めて耳を塞《ふさ》いだ。

「さぁ。素直に答えろ、ソラ。さすれば焔獣国と戦を交えることは控えよう」

「戦!?」

恐れていた言葉が儀晃の口から出て、ソラはさーっと血の気が引いた。

稜光と自分が交わったことで儀晃が激怒し、焔獣国と闇獣国が戦争になることを、一番心配していたのだ。

しかしここは稜光を守るためにも、焔獣国の民と闇獣国の民を守るためにも、自分が嘘をつき通さなければならない。

「いいえ、いいえ！　僕は稜光様と交わってなど……っ！」

「匂いが変わった」

「えっ？」

儀晃の言葉に、時が止まった。

「これまで鈴蘭の香りだったお前が、なぜ大輪の百合を思わせる香りに変化した？　男を知ったからではないか？」

静かな儀晃の言葉に、ソラはもう隠し通せないと思った。

狼属の嗅覚《きゅうかく》は鋭い。人間属の数百倍は鼻が利くと言われている。

その儀晃に指摘されたのだ。

逃げることはできないのだと、ソラの全身から力が抜けた。

「事の真相を話せ。でなければ、今すぐ焔獣国に軍を送る」

踵《きびす》を返し、部屋を出ていこうとした彼にソラは叫んだ。

「それだけはおやめください！　犠牲になるのは民です！」

「では不貞を働いたお前が、すべての責任を取るというのか！」

最後の悪足掻《わるあが》きではあったが、ソラはぐっと唇を結んだ。

しかし身体は素直で、悔しさや悲しさ、切なさから涙が止まらなかった。

これではもう、自白しているのと一緒だ。

「責任は、すべて僕が負います。ですからどうか、戦争だけは……」

寝台の上で正座して、布団に額を擦りつけた。

顎《あご》を摑まれて、上を向かされる。

「なぜ稜光に抱かれた？　儂より二百歳も若い男の身体に興奮したか？　この売女《ばいた》め！」

罵《ののし》られ、唇を噛んだ。

涙が溢れて、視界も滲む。

「違います。僕と稜光様は……『運命の番』でした」

「なんと申した？」

儀晃が大きく目を瞠った。

「稜光様は僕の『運命の番』でした。互いの香りを嗅いだ時に一瞬でわかりました」

大きな雫《しずく》がぽろぽろと零れて、布団にいくつも染みができた。

「稜光様に抱き締められた時、発情期が来ました。あとは儀晃様のお察しの通りです」

この言葉に憤慨したのか、儀晃はソラの黒髪を摑むと寝台から引きずり下ろした。

そしてそのままソラを連れて部屋を出る。

「儀晃様、いかがなさいました!?」

この状況に、廊下で控えていた数名の宦官が、二人のあとをついてきた。

「今すぐ座敷牢《ざしきろう》の鍵《かぎ》を開けろ！」

「ぎ、儀晃様！　それではソラ様が可哀想《かわいそう》でございます！」

宦官の慌てた言葉に、儀晃は口角に泡を飛ばしながら再び叫んだ。

「うるさい！　この者は聖なる銅珠でありながら……ヒイラギと同じ顔をしながら、儂を裏切ったんだ！」

髪を強く引っ張られながら、ソラは「やっぱり……」ときつく目を閉じた。

（僕は、儀晃様に愛されていたわけじゃないんだ。高祖伯父の身代わりだったんだ！）

彼の優しさは自分に与えられていたものではなく、自分を通して、今は亡きヒイラギに向けられていたのだと確信した今、儀晃への情は完全に冷めた。

「痛っ！」

ソラは太い木材で格子が組まれた、異様な部屋に放り込まれた。そして外側から鍵をかけられる。

「一体何を？」

格子に縋《すが》り儀晃に問うと、彼は冷ややかな笑みを浮かべた。

「責任を取ると言ったのはお前だ。これから思う存分、その身に罰を受けるがいい」

覚悟していたとはいえ、あまりにも残酷な言葉にソラは愕然《がくぜん》とした。

そして動けずにいると、宦官たちを連れて、儀晃は後宮を出ていってしまう。

ソラがいる座敷牢には兵士がつけられ、出入りの自由は一切奪われた。

板の床は冷たく、体温をどんどん奪っていく。

寝台が置かれているのでその上に座ればいいのだが、ソラは自らを罰するように、じっと床の上に座り続けた。

その間考えていたことは、これから訪れる罰の時間ではなく、稜光のことだった。

（明日の二十時三十分。稜光様がここへいらっしゃる）

高い位置にある窓の外は、すでに藍色に染まっていた。
ソラは一睡もすることなく、一夜を明かしたのだ。
しかしこの状況で眠れる人間がどこにいるだろうか？
ソラは隈《くま》のできた顔で、ぼんやりと格子の外を見つめた。
一目でもいいから、稜光に会いたかった。
恋しかった。
愛おしかった。
（稜光様……）
彼の香りに思いを馳《は》せれば、心が震えた。
内側から温かい感情が溢れ出る。
ソラは自らの身体を抱き締めながら、必死に稜光のぬくもりを思い出した。

＊＊＊

儀晃が一人の男を連れてやってきたのは、日も沈みかけた頃だった。
丸眼鏡《めがね》をかけた男は、白い着物に黒い羽織を纏い、高い位置で髪を纏めていた。近づくと消毒液の香りがして、彼が医療従事者だと推測できた。

歳は三十代前半か。整った顔に笑みを浮かべていたが、その目は笑っていない。まるで検体でも見るように、ソラを頭からつま先まで値踏みしていた。

「これは美しい銅珠ですね。私が縛ってきた人間属の中でも、上位に入る」

「そうだろう、こやつは顔だけはヒイラギに似て美しいんだ。心の中では儂を裏切っていたがな」

儀晃はソラに侮蔑《ぶべつ》の目を向けると、細い顎を摑んだ。

「これからたっぷりと罰を受けるがいい。儂を裏切った罰だ。ヒイラギ」

漆黒の感情を隠しもしない儀晃は、虚《うつ》ろな目でソラをヒイラギと呼んだ。もしや心の病のせいで、ソラとヒイラギの区別がつかなくなっているのかもしれない。

「儀晃様、僕はソラです。高祖伯父のヒイラギではありません」

反論すると、儀晃はにたりと笑った。

「お前はヒイラギだ。ヒイラギの生まれ変わりだ。夫である儂を欺くなど許されぬこと。その身体にしっかりと覚え込ませねばな。儂の味を……」

「儀晃様の……味？」

儀晃は一旦ソラから手を離すと、男から小さな瓶を受け取った。その中身を口に含むと、再び儀晃はソラの顎を摑み、無理やり口づける。

「んんっ！」

突然のことに目を瞠ると、口内に甘い液体が注がれた。きっと小瓶の中身だ。

それは強い酒のようにソラの喉を滑り落ちると、じわりと体内に広がった。

「な、何を飲ませたのですか？」

咳込《せきこ》みながらソラは頽《くずお》れた。

すると儀晃はいやらしく口角を上げる。

「安心しろ。お前の苦痛を快楽に変える薬だ」

「苦痛を快楽に……？」

何を言われたかわからぬうちに、ソラの身体は火照り出し、呼吸が荒くなり、意識がふつっと途切れたのだった。


「あぁ……いや……」

弱々しい抵抗は、欲情に濡《ぬ》れていた。

ソラは今、赤い紐《ひも》で縛られている。

天井の太い梁から垂れるそれは、ソラの両腕を背後で一括《ひとくく》りにし、右膝を縛り上げ、高い位置に足を固定させると、美しい裸体をあられもない姿にしていた。

しかも黒羽織の男は、丁寧に消毒した細い銀の棒を、無理やり屹立させたソラの肉茎に挿入した。

「いや……いやぁ……っ」

蜜が垂れる尿道口を広げられ、ソラは半狂乱になる。

痛みはない。しかしこんな光景を目にしたことがなかったソラは、恐怖しか感じなかった。

（いや、いやっ！　こんなことやめてっ！）

頭を振って抵抗したものの、差し込まれた棒はゆっくりとソラの中に埋め込まれ、丸い先端が最奥に届くと、前立腺を刺激されたような快感を覚えた。

「ひいっ……」

つま先立ちという不安定な身体を仰《の》け反《ぞ》らせ、ソラは甘い衝撃に耐えた。

途端、後孔にずっぷりと入れられた鼈甲《べっこう》製の張形が、儀晃の手によって激しく抽挿される。

「いやぁ！　儀晃様っ！　おやめくだ……さ……っ！」

儀晃から『緊縛師』と呼ばれた男は、相変わらず薄気味悪い笑みを浮かべ、恐怖と快楽に悶《もだ》えるソラを眺めていた。

「反応もいい。これまで緊縛した銅珠の中で、一番ですよ。儀晃様」

「あぁ、こんな淫乱《いんらん》な身体だと、儂でも思わなんだ。まったく銅珠とは淫猥《いんわい》な生き物よ」

ヒイラギはもっと慎ましかったぞ。そう言いながら、儀晃はソラの蕾を蹂躙《じゅうりん》する手を止めようとはしない。

（う……稜光様、稜光様！）

稜光しか知らなかった慎ましやかな身体は、淫猥な道具によって開かれていく。

しかも、薬のせいもあるのだろう。やわらかな貂《てん》の毛で作られた筆先で、ぷっくり立ち上がった乳首と乳輪を擽《くすぐ》られただけで、ソラは必要以上に感じてしまった。

「儀晃様、儀晃様！　もう……お許しください。あぁ……いきたい、いきたい！」

ぎりぎりまで尿道拡張器を抜かれ、恐怖と愉悦で身体が震える。

再び奥まで挿入されて、耐えがたい射精感に咽《むせ》び泣いた。

「いやぁ……もう、いやぁ……」

涙を零し、我を失いかけたソラに、儀晃は満足そうな笑みを浮かべる。

「いいだろう、この儂が受けとめてやる」

儀晃はソラの前に跪くと、大きく口を開けた。

緊縛師がするりと棒を抜くのと同時に、ソラは熱い液体を迸らせる。

「あぁぁぁ……っ」

これまで射精管理をされていた分、絶頂は長く強く尾を引いた。

「あぁ……聖なる銅珠の体液など、百年振りだ。魁が漲っていくのがわかる」

顔面でソラの精液を受けとめた儀晃は、白濁を美味《うま》そうに舐めとった。

その卑猥《ひわい》で醜い姿に、荒い息をつきながら、ソラは絶望を感じていた。

自分は、こんなにも変態じみた男の妻にならなければいけないのか？　と。

恍惚とした儀晃の顔は、確かに生命力に溢れていた。このままソラの精を摂取していけば、彼の体調が回復するのはあっという間だろう。

しかし拭えぬ嫌悪感に、ソラは涙した。

稜光にも精液を飲まれたが、その時はなんの嫌悪も感じなかった。むしろ彼に自分の体液を与えることができて、嬉しかったぐらいだ。

「うぅ……」

縛られたまま俯くと、ぼたぼたと涙が零れた。

すると、儀晃にべろりと頬を舐められる。

「儂のいないところで勝手に体液を零すな。もったいなかろう」

活力を取り戻した儀晃は、若返ったように見えた。

身体にも少し肉がついたようで、肌色も健康的だ。

（僕らの体液は、ここまで魁を復活させるのか……）

卑猥で淫《みだ》らな罰を与えられ、泣き腫《は》らしたソラは、すでに意識も飛び飛びだった。

（早く……早く二十時三十分になって……！）

儀晃は躊躇うことなく着物を左右に割ると、赤黒く屹立した雄をソラに見せつける。自分にもついているのに、その醜怪な姿に思わず吐き気を覚えた。

「これから儂がたっぷりとお前を可愛がってやる。孕むほどにな」

ソラの目から再び涙が零れた。

好きではない男の子どもを産むというのは、一体どんな気持ちだろう？

背後に回った儀晃は、ソラの中から鼈甲製の張形を引き抜くと、細い腰を掴んだ。そして力なく梁から吊《つ》るされているソラの秘蕾に、猛《たけ》った自身を押しつける。

（稜光様、ごめんなさい）

『運命の番』である稜光以外に抱かれることに、絶望を感じた。

しかし、本来自分は儀晃の聖なる銅珠なのだ。

彼に抱かれることは正しいことなのだ。

儀晃の子をなすことも。

先端がぐりりと入り込み、強く唇を噛んだ。

それと同時に、緊縛師が力をなくしたソラの前を扱《しご》く。

半ば投げやりな気持ちで、その光景を眺めていた時だった。

「儀晃様！」

一人の宦官が慌てた様子で、座敷牢までやってきた。

「なんだ、騒々しい。今は手が空かぬ。用事ならあとにしろ」

思いきり舌打ちした儀晃に、宦官は怯《ひる》むことなく言葉を続けた。

「稜光様が……焔獣王稜光様が、多くの将軍を引き連れておいでになりました。先の火事のことで今すぐ話したいことがあると」

「稜光が？」

明らかに反応した儀晃は、ソラの腰を離した。

入り込んでいた雄の先端も抜けていく。

それにほっとしていると、背後から顎を捉えられて、生気をなくしたソラに儀晃は意地の悪い顔で言った。

「ちょうどよい。お前のこの淫乱な姿を、稜光にも見せてやろう。儂の聖なる銅珠の処女を奪った、憎き国王にな」

「そ、それだけはおやめください！」

こんな卑猥で情けない姿を稜光に見られたら、死んでしまう！　ソラは懇願しながら、大きく頭を振った。

しかし儀晃は『運命の番』である稜光とソラの仲を破綻《はたん》させようとしているのか、着物を整えると、座敷牢を出ていってしまった。

「う……うぅ……」

絶望に打ちひしがれていた時だ。

突然ソラの目の前に青灰色のきらきらした粉が舞い散り、それはしばらくすると美しい狼属の男に姿を変えた。

「おや、あなた様は？」

この不可解な状況でも動じない緊縛師は、微笑んだ狼属の男に名前を訊ねた。

「お前のような男に名乗る名前なんて、持ってないよ。さぁ、可愛いソラちゃんを解放してもらおうか？　儀晃が戻ってくる前にね」

「それはできません。芸術的に縛り上げた作品を見守ることも、私の務めですから」

「作品、ねぇ」

不快そうに目を細めた美しい彼は、ぱちんと一つ指を鳴らした。

すると緊縛師の男は、糸の切れた人形のように頽れ、意識を失ってしまった。

「あっ……」

驚いたソラに、美しい彼は言う。

「大丈夫。少し眠ってもらっただけだ。さぁ、ソラちゃん。そんな忌々しい紐なんて、切ってしまおうね」

ふたたび彼が指を鳴らすと、ソラを緊縛していた赤い糸がぶつぶつと切れた。

解放された身体には、赤い縄の跡が残っていた。

それを痛々しい目で見ると、彼は着物を着せてくれた。

「あの、助けていただきありがとうございます。お名前をお伺いしてもよろしいですか？」

改めてソラが問うと、彼は美しく華やかな顔に、艶やかな笑みを浮かべた。

「初めまして、ソラちゃん。俺の名前は氷獣王《ひょうじゅうおう》紫遠《しえん》。稜光の幼馴《おさなな》染《じ》みだよ」

「氷獣国の、王様……!?」

彼の美しさはとても有名で、ずっと寺院にいたソラでも名前を知っていた。

確かに彼は中性的な美しさを持っていた。

青灰色の長い髪を束ね、柔らかな毛並みの尻尾に紺地の深衣を纏った姿は、寺院に描かれていた天女のように麗しい。

「さぁ、そろそろここを出ていかないと、馬鹿な儀晃が戻ってきてしまう。急ぐよ」

「出ると言っても、外から鍵が……」

「大丈夫、俺にはちょっとした特技があるんだ」

そう言って、紫遠が三度指を鳴らすと、座敷牢の鍵が簡単に開いた。

「さぁ。稜光が儀晃を足止めしている間に、この城を抜け出すよ」

「は、はい……でも、僕の大事な竜がいて……」

小竜のことを説明すると、紫遠は微笑んだ。

「わかった。じゃあ、とりあえず竜小屋へ行こうか」

足腰が立たなくなったソラを軽々と抱き上げると、紫遠は座敷牢を出て呪文《じゅもん》を唱えた。

すると小さな竜巻が起こり、その風に乗って二人はあっという間に竜小屋まで飛んでいった。

「小竜！　小竜！」

おぼつかない足で小竜に抱きつくと、彼はソラに頬ずりした。そしてくーんくーんと甘えた声を出し、尻尾をぱたつかせる。

「この子に俺とソラちゃん、二人乗れるかな？」

顎に手を当てて考え込んだ紫遠を、ソラはぱっと振り返る。

「大丈夫です！　以前は師である宦官と、よく二人で小竜に乗っていました」

「わかった。じゃあ、焔獣国へはこのおちびさんに乗っていこう」

鞍《くら》を着けて手綱を引いた紫遠は、竜の飛び出し口まで小竜を連れていった。

紫遠はソラを小竜の上に乗せると、背後からソラを包み込むように自らも跨った。

そして、勢いよく飛び出し口から崖下へと駆け下りる。

風を摑んだ小竜は楽しそうに何度か羽ばたくと、ひと鳴きした。

「竜に乗るのは久しぶりだけど、やっぱりいいねぇ」

片目を瞑《つむ》った紫遠に、ソラもやっと笑顔を取り戻した。

「なぜ、僕を助けてくださったのですか？」

夜風を受けながら訊ねると、紫遠はいたずらっ子のように笑った。

「稜光に泣きつかれたんだよ。『運命の番』であるソラちゃんを、どうしても儀晃から取り戻したいって」

紫遠は他の狼属の王と違い、生まれつき不思議な力……風のように自由に移動できたり、指を鳴らすと意のままに物を操ることができるのだそうだ。なので儀晃の城にいるであろうソラを取り戻してほしいと、稜光に頼まれたという。

「そうだったんですか。でも僕は儀晃様のもとへ嫁ぐ覚悟だと、稜光様にはお伝えしたのに……」

「うん、それも聞いたよ。でも稜光は諦《あきら》めの悪い男だからね。『儀晃と結ばれるより、俺と結婚した方がソラは幸せになれる』って言って聞かなかったんだよ」

「稜光様が、そのようなことを」

「あぁ、だからあんな暗号めいた手紙を送ったのさ。今日の二十時三十分に会いに行くって」

ソラの読みは外れていなかった。やはり稜光は二十時三十分に城までやってきてくれたのだ。

「でも、儀晃のじじいがソラちゃんにこんなひどいことしてたってわかったら、稜光は怒るだろうなぁ」

ははは……と乾いた笑いを浮かべた紫遠を、ソラは振り仰いだ。

確かに紐で括られ、あられもない姿で淫具を用いた折檻《せっかん》を受けたが、あれはすべて自分がいけなかったのだ。儀晃の許嫁でありながら、他国の王である稜光に処女を差し出してしまったから。

氷獣国の国王でありながらとても親しみやすく、打ち解けた雰囲気のある紫遠とはすぐに仲良くなることができた。

周りに護衛やお付きの者がいないことを不思議に思い訊ねると、紫遠は声を上げて笑った。

「やっぱり気になるよねぇ。でも、俺は単独行動が好きなんだよね。幸い妙な力を持っているおかげで、これまで困ったこともないし。何かあれば風となって、すぐに自国へ帰れるからね」

「なるほど……」

（紫遠様は、あの不思議な力のおかげで一人でどこでも行けるんだ）

だからソラを助けやすかったのだろう。

多くのお付きや護衛の兵を引き連れていては、後宮の最奥にある座敷牢まで、ソラを助けに来ることは不可能だった。

焔獣国へ入ってすぐ、二人と一匹は休憩をとった。

太陽が昇った頃、立ち寄った滝で小竜を休ませ、その間にソラは凌辱《りょうじょく》された身体を水で清めた。

焔獣国は気候が温暖な国だ。なので川の水もちょうどよい冷たさで、心地よかった。

身体中に残った紐の跡を見れば、悔しさや恥ずかしさ、悲しさが蘇《よみがえ》ってくる。

けれどもソラは溢れた涙を流水と一緒に洗い流した。

すると心がほんの少しだけ前向きになれた。

「お待たせしました」

安堵したように寛いでいる小竜に寄りかかり、座っていた紫遠に声をかけると、にっこりと微笑まれた。

「じゃあ、焔獣城に向かおうか。稜光もすでに闇獣国を出て、竜で自国に向かってるはずだ。すぐに『運命の番』に再会できるよ、ソラちゃん」

「はい！」

自分と稜光をこれほど自然に、そして明るく『運命の番』と認めてもらえて、ソラは嬉しかった。

自分たちの関係は、決してあってはならないものだ。

もちろん、今でも許されたわけではない。

しかし闇獣国から離れている間だけでも、自分は稜光のものでいたかった。

『運命の番』の半身として。

小竜に乗って半日、やっと焔獣城が見えてきた。

「わぁ、すごい！」

ソラは髪を風に靡かせながら、感嘆の声を上げた。

空から眺めた焔獣城は、闇獣城の対極にあるような城だった。

闇獣城より広い敷地は、白壁と緋色の瓦で構成され、白翡翠《ひすい》で足元も整えられている。

奥の方に見える稜光の寝所らしき建物も、大きな後宮も緑に囲まれ、華やかな印象を受けた。

それ以外にも、温暖な気候のおかげだろう、様々な花が至るところに植えられて、見ているだけでも心が躍るような城だった。

竜出し口に小竜を下ろすと、すぐに兵士が駆けつけてきた。

「紫遠様、おかえりなさいませ」

「ただいま。この竜は大事な可愛い子ちゃんだ。丁寧に扱ってくれよ」

「はっ」

ここで小竜と別れたソラは、焔獣城内の勝手を知っているらしい紫遠に、おとなしくついていく。

「これは紫遠様、おかえりにゃさい」

「ただいま、細雪《ささめ》。稜光は？」

「まだですにゃ。先ほど国境を越えたと、早竜から連絡がありましたにゃ」

「そうか」

来賓などを迎える迎賓殿で、二人を出迎えてくれたのは宦官ではなく、大きな猫耳を持った黒髪の少年だった。

その姿から猫属だとわかる。

しかも鈴のついた黒い首輪をしているので、きっと銅珠なのだろう。

（珍しいなぁ）

猫属はたくさんいるので珍しくはないが、金珠を引きつけてしまう銅珠は、金珠が多く集まる場所では働かせてもらえない。不用意に金珠を誘惑してしまうからだ。

しかしこの城では、先ほどから首輪を着けた者を見かける。

しかも去勢を施された宦官らしき者の姿はない。

もしかしたら焔獣国では、働くことに性別や珠属は関係ないのかもしれない。

「初めまして、ソラ様」

大きな目をくるりと輝かせ、猫属の少年がソラを見た。

「初めまして。えーっと……」

「今日からソラ様のお世話をさせていただきます、細雪ですにゃ」

「細雪、よろしくお願いします」

「はいにゃ」

ソラの胸のあたりまでしか背のない彼は、まだ子どものようだ。

しかしすたすたと奥の部屋に向かった紫遠が、軽く声を張り上げる。

「そいつは見た目によらず歳食ってるから。何も遠慮することはないよ、ソラちゃん」

「そ、そうなの？」

驚いて細雪に目をやると「ここだけにょ話ですが……」と、こっそり年齢を教えてくれた。今年二百四十歳になる稜光よりも年上だという。

稜光も魁を持つ国王なのでとても長生きだが、細雪はそれより百歳ばかり年上だった。

「稜光様のおむつを、替えてあげたこともあるんですにゃ」と。

「猫属は長寿な方々が多いんですね」

「そうなんですにゃ」

応接間まで案内してくれる細雪の可愛い笑顔に癒されていると、家具から長椅子《ながいす》、卓から背凭《せもた》れの布団まで、すべて上品な鬱金色《うこんいろ》で統一された部屋に通された。

ところどころに施された、浅葱色の孔雀《くじゃく》の彫り物も美しい。

「こちらで少々お待ちくださいにゃ。お腹も空《す》かれているでしょう？　軽く摘まめるものを用意させますにゃ」

ぺこりと頭を下げて部屋を出ていった細雪に会釈し、ソラは長椅子の隅に腰を下ろした。

なんと豪華な部屋なのだろう？　と、ソラは周囲を見渡した。

生まれ育った寺院はすべてが真っ白だったし、闇獣城は黒を基調とした家具や彫刻が施されていたので、色自体が少なかった。だからソラは、こんなにも輝かしい色を使った部屋に通されるのは、生まれて初めてだった。

「まるで洪水のように、色が心の中に流れ込んできます」

「ん？」

ソラの言葉に、向かいの長椅子に腰を下ろしていた紫遠が首を捻った。

「僕は聖なる銅珠として、すべて真っ白な寺院で育ったんです。身に着けるものはすべて白色で、色のついた深衣なんて、稜光様に用意していただいた着替えが初めてでした。だから、こんなにも輝かしい色なんて目にしたことがなくて……感動しています」

「そうなんだ。じゃあ、他の部屋を見たらもっと驚くかもな。焔獣城は色彩豊かで有名だから」

「色彩豊か？」

「あぁ。焔獣国民は代々、色にこだわりの強い国民性でね。それぞれの家や建物に色の名前をつけて識別しているんだ。だからここは『鬱金の間』。そのままだけどね」

笑った彼に、ソラも笑顔を返す。

しばらくすると侍女が、お茶と餅菓子《もちがし》を持ってきてくれた。

黒文字で餅菓子を一口大の大きさに切ると、中から瑞々しい蜜柑《みかん》と、牛の乳を固く泡立てたものが出てきた。

「美味《おい》しい！　こんなに美味しい餅菓子は初めて食べました！」

目を丸くして驚き、賞賛すると、茉莉花茶《ジャスミンちゃ》を飲んでいた紫遠が微笑む。

「その言葉、稜光に言ってやって。喜ぶから」

この餅菓子は稜光と蜜柑農家、そして城下の餅菓子屋が一緒になって考えたものだという。

（稜光様って、そんなことまでなさるんだ）

「焔獣国って鉱産物が有名でしょ？　でもそれはいつか枯渇する。だから稜光はそういう日がいつ来てもいいように、特産品に力を入れてるんだよね。貿易でも成り立つ国にするためにさ」

「未来を、見据えていらっしゃるんですね」

「まぁ、焔獣国の鉱物埋蔵量はまだ数千年分あるらしいけど。あの男はせっかちなんだよ」

そう言って笑った紫遠に微笑み返しながら、ソラも茉莉花茶に口をつけた。

「あー……お茶も美味しいです」

ソラはほっと息をついた。

美しい淡黄色をした茉莉花茶はふんわりと花の香りがして、ここ数日の出来事で疲れていたソラの心身を、優しく温めていった。

「そろそろ稜光たちも、帰ってくる時間じゃないかな？」

窓際に置かれた黄金製のからくり時計を見て、紫遠が呟いた。この言葉に、ソラは急に落ち着かない気持ちになる。

どこから稜光はやってくるのか？

広い応接室には三方扉があった。

一体どの扉を開けて、愛しの稜光は帰ってくるのだろう？

そんなそわそわが行動にも出てしまったのか。無意識にきょろきょろと部屋を見回してしまったソラに、紫遠が堪《こら》えきれないように吹き出した。

「一番早く稜光に会える方法は、竜出し口で待ってることだよ」

「そうですね！　ちょっと行ってきます！」

素直に席を立ったソラは、両開きの扉を開けると、これまで来た道を走り出した。

途中細雪とすれ違い、「どちらに行かれるんですにゃ？」と訊かれたが、ソラは走りながら「内緒！」と微笑んで、全速力で竜出し口へ急いだ。

すると大きな翼竜の群れが、ちょうど戻ってきたところだった。

先頭には稜光がいて、竜番の男に手綱を渡している。

「稜光様！」

足を止めることなく、息を上げながら大きく手を振ると、彼はこちらに気づいてくれた。

「ソラ！」

自分を出迎えるために、ソラが駆けてくるなんて思わなかったのだろう。稜光は驚いた顔でソラを見た。

「……あっ！」

あともう少しで稜光のもとへ行ける！　そう思った瞬間、草履を履いていた足がもつれ、ソラは前のめりに倒れ込んだ。——が、間一髪。太くて逞《たくま》しい腕に抱きとめられる。

「気をつけろ。こんなところで転んで、大怪我でもしたらどうする？」

幼子に言うように窘められ、ソラは荒い呼吸のまま顔を上げた。

「ごめんなさい。でも僕、少しでも早く稜光様に会いたくて……だから……」

「みなまで言うな。俺も同じ気持ちだった」

ぎゅっと抱き締められて、ふわりと大好きな香りに包まれた。

離れていたのはたった一日だけなのに、もう何年も稜光と会えなかった気がして、ソラは嬉しさと恋しさでぼろぼろと涙が零れた。

「泣くな、ソラ。お前を泣かせるために、儀晃から引き離したわけじゃない」

「ごめんなさい」

あやすように顔を覗《のぞ》き込まれて、額に口づけられた。

「笑ってくれ。俺はお前の笑顔がこの世で一番好きだ」

冠した耳がソラの頬を擽るように、稜光はわざとソラの肩口にぐりぐりと頭を押しつけた。心なしか尻尾が左右に揺れている。

「くすぐったいです、稜光様」

ふさふさでふかふかの感触に笑うと、彼は満足したように微笑む。

「そうやって、いつも笑っていてくれ。俺は必ずお前の笑顔を守る」

「稜光様……」

真摯な深緋の瞳で見つめられ、ソラは近づいてきた彼の唇を素直に受けとめた。

頭を抱き寄せ、さらに密着度を上げる。

（このまま、一つになってしまいたい……）

望みながら互いに唇を離すと、鼻が触れる距離で稜光に囁かれた。

「愛してる、ソラ。今すぐ我が寝室へご案内しても？」

凛々しい目元を眇《すが》めて微笑んだ彼に、ソラは断る理由などなかった。

「……はい。僕も稜光様の寝室が見てみたいです」

頬を真っ赤に染めながら、そう言うのが精いっぱいだった。

すると稜光は、嬉しそうにソラを横抱きにしたのだった。

第三章　真朱の王

焔獣城の知識がまったくないソラだったが、稜光の寝所が銀紅殿という殿舎にあることは覚えた。

ソラを横抱きにしたまま自分の寝所へやってきた稜光は、行儀の悪いことだが扉を足で蹴り開ける。

「わぁ……」

途端、目の間に広がった景色にソラは目を輝かせた。

闇獣国には花窓という小さな窓しかなかったが、焔獣国の建築技術は発達しているのか、太陽光をたくさん取り入れる大きな硝子窓《ガラス》があり、それは両開きの扉となっていて、美しい花々が咲く庭へと繋がっていた。

「すごい！　とっても明るいお部屋ですね！」

足をばたつかせて喜んだソラを、稜光はそっと下ろしてくれた。すると好奇心に突き動かされるまま、ソラは両開きの硝子窓に駆け寄った。

それに稜光の部屋は、ただ寝るだけの寝所とは少し違った。

闇獣国では小さな卓と椅子、寝台が置かれただけの部屋を寝所と呼んだが、稜光の部屋には天蓋付きの寝台に大きな机、ゆったりとした椅子に、応接用の長椅子と低い卓があった。

きっとこの部屋は寝るだけでなく、彼がひとりで寛ぐための部屋でもあるのだろう。国王という重責から、一瞬だけ解放されるために。

「これはなんですか？」

そういえば、この部屋には行灯がない。その代わり天井から紙灯籠《かみどうろう》のようなものがいくつかぶら下がっていて、ソラは首を捻った。

「これの正体を教えてやろう。ソラ、窓掛けをすべて閉めろ」

「はい」

ソラは言われるままに、硝子扉を覆う布を引っ張った。

一瞬にして部屋が暗くなる。

すると稜光は、部屋の扉の近くにあった小さなつまみを上げた。

「うわっ！」

ソラは驚きに腰が抜けるかと思った。

天井から吊るされた紙灯籠が、火を点《つ》けたわけではないのに、突然光り出したからだ。

「これは電球という。我が国は水流が豊富な氷獣国と手を結んで、水力と火力を使って、電気というものを作り出すことに成功した」

「で、電気……ですか？」

「あぁ、そのおかげでこうして蠟燭《ろうそく》なしに明かりを灯《とも》したり、あらゆるものを自動で動かす技術を手に入れたんだ」

「すごい……」

すぐには理解できなかったが、ソラは稜光と紫遠の国が、ものすごいことを開発したことだけはわかった。

天井を見上げたまま、なおも電気とやらの凄《すご》さに感心していると、背後から稜光に抱き締められた。

どきんと心臓が鳴る。

背中に感じるぬくもりが、さらに鼓動を速くさせた。

「……縛られたのか」

「えっ？」

苦しげに呟かれた言葉とともに、着物の袖から覗いた手首を優しく握られた。

細く華奢《きゃしゃ》なソラの手首には、縄の跡が赤く残っている。

「あの、こ、これは……っ」

（あんな恥ずかしいことをされたなんて知られたら、稜光様に嫌われてしまうっ！）

淫らな折檻を受けたことを彼には知られたくなくて、ソラは必死に言い訳を探した。

しかし頭が言い訳をはじき出す前に、稜光にきつく抱き締められる。

「大丈夫だ、何も言うな。お前の心の傷は俺が必ず癒す。だから安心しろ、何者にもお前を傷つけさせない」

「稜光様」

この言葉に胸がきゅうと熱くなった。

ソラはまた涙が零れそうになって、唇を噛む。

（泣いちゃだめだ！　稜光様は、僕の笑顔が世界で一番好きだと言ってくれたじゃないか！　だから泣き虫な自分を変えていかなくちゃ！）

ソラは心に決めると、涙の代わりにとびきりの笑顔を向けた。感謝の気持ちを込めて。

「ありがとうございます。僕も、稜光様と一緒にいると強くなれます！」

この笑顔に目を瞬《しばたた》かせた稜光は、次の瞬間微笑み、唇を強く押し当ててくれた。

互いの熱が、抱き締めあった身体から伝わる。

唇の角度を変えて、さらに深く口腔《こうこう》内を探り合った。

（稜光様の唾液《だえき》って、蜜みたいに甘い……）

彼と口づけを交わすたびに、自分の中の乾いた部分が潤っていくのがわかる。これもやはり、『運命の番』だからだろう。

（稜光様も、僕との口づけで心が潤ってくれるといいな……）

小さな願いを胸に、ソラはさらにきつく稜光に抱きついたのだった。

＊＊＊

ソラは、焔獣城の中を細雪に案内してもらった。

圧倒する大きさと伝統美を持つ迎賓殿や、儀式を行うための殿舎。

中央の広場には、許された業者が店を出せる場所まであり、焔獣城は人の往来も多くて、活気に満ちていた。

「こちらが稜光様が執務を行う賢陽殿ですにゃ」

「賢陽殿……」

それは立派な殿舎だった。

真っ白な壁には咆哮する狼が描かれていて、緋色の瓦もさらに輝いていた。

正面玄関に続く石段は幅があり、しかも天に届きそうなほど長い。

「どうしてこんなに長い階段を作ったの？」

些細《ささい》な疑問を口にすると、細雪は口元を袖で隠して笑った。

「先代王が破天荒にゃ方でして。どうせ作るなら、人が上ってこれないような大きな殿舎を作ろうと」

「人が上ってこれなければ、執務が行えないではないですか」

驚いたソラを、細雪は賢陽殿の裏に連れていってくれた。

儀仗兵《ぎじょうへい》が守るそこには小部屋のようなものが三つ並んでおり、一つの中に入ると部屋は勝手に上昇した。

「うわっ！」

驚いて細雪の肩に縋ると、「大丈夫ですにゃ」と笑顔を向けられる。

「これは水力で動く昇降機ですにゃ。これに乗れば、賢陽殿の執務室まであっという間ですにゃ」

「すごい……」

ここでもソラは、焔獣国の建築技術の高さに驚愕《きょうがく》した。

昨日稜光に見せてもらった電気というものにも驚いたが、同じ大陸の地続きの国なのに、闇獣国がいかに技術遅れかを見せつけられたからだ。

「――で、ここから川を越えた先が、稜光様の私的な空間となりますにゃ」

昇降機で再び一階まで下り、ソラと細雪は立派な太鼓橋を渡った。

川の水は泳ぐ魚が真上から見えるほど透明度が高く、水流に揺蕩《たゆた》う水草も青々として美しい。

「僕が今泊っている、後宮がある場所だよね」

「はいにゃ。通称楽園と呼ばれる一帯となりますにゃ」

「楽園……」

確かに、その言葉はふさわしい。

温暖な気候の中、色とりどりの花が咲き、風も爽《さわ》やかで、果実園にはたわわに実がなっている。

ソラはからりとした風に髪を遊ばせながら、着ている孔雀青の三重衣の裾を靡かせた。

これだけ心地のよい風が吹き、天候も良く、植物も元気に育ち、人々も活気ある国だなんて、どれほど稜光の魁は優秀なのだろう？

他の大陸から攻められた戦争でも、一番最初に勝利宣言をしたのは、稜光が王位に就いたばかりの焔獣国だったと習った。

しかも焔獣王の戦略が功を奏し、一人も兵士が負傷しなかったと。

この話を思い出して、ソラは稜光の軍事的采配《さいはい》にも、政治的手腕にも尊敬の念を抱いた。

「ソラ、細雪」

「稜光様！」

花壇に咲いた仏桑花《ぶっそうげ》を二人で見ていた時だ。

多くの役人を引き連れ、稜光と紫遠が偶然通りかかった。

一瞬すれ違っただけだったが、それでもソラは稜光の笑顔が見られて嬉しかった。

稜光の部屋で電気の説明を受けたあとのことだ。

半開きだった扉を叩《たた》かれて、驚いて振り返るとしたり顔の紫遠がいた。

「再会に感動してるところごめん。俺も野暮なこと言いたくないんだけど、期限の迫った仕事がたくさんあってね。稜光には早く会議の席に着いてほしいんだけど……」

「そうだったな」

甘い時間を中断させられた稜光は、不満ありげに舌打ちしていたが、彼が国王である以上、避けられない会議なのだろう。

紫遠もこの会議に参加するため、焔獣国へ前乗りしていたそうだ。

すると稜光に突然ソラを救い出す作戦を提案され、巻き込まれる形で協力してくれたという。二つ返事で。

「人を去勢させて、宦官として雇ってる儀晃には、いい感情抱いてなかったし。そもそも闇獣国は封鎖的なんだよね。時代遅れだし。だから頑固な儀晃の目を覚まさせるには、いい機会かもしれない」

そう言って紫遠は風に姿を変え、ソラを助けに来てくれたのだ。その場にいた細雪が詳細を教えてくれた。

しかしソラは、やっと稜光と再会できたというのに、忙しい彼とはあまり一緒にいられなかった。

夜はかろうじて夕飯を共にすることができたが、すぐに部下が稜光を呼びに来て、慌ただしく仕事に戻っていく。ソラに口づけを一つ残して。

それを寂しいと思わないと言ったら嘘になるが、彼の負担には絶対なりたくなかった。だからソラは後宮に用意された、紅梅の部屋という愛らしい部屋で一人眠った。また稜光の腕の中で眠りたいと願いながら。

すると、目を覚ますと隣に稜光がいるようになった。

訊ねてみると、深夜に仕事を終えた稜光は、そのまま紅梅の部屋へやってきて、ソラと同じ寝台で寝ているらしい。

だから、今朝《けさ》も口づけは濃厚なものをした。

少しでも稜光の、魁が復活するように――。

その後、細雪が二人を朝食の席に呼びに来て、まだ仕事があるという彼は、紅茶だけ飲むと慌ただしく賢陽殿へ向かってしまった。

もう少し落ち着いて朝食を食べてほしいと、心配してしまうほどに。

（だけど、同じお城にいられるんだもの。これ以上一緒にいたいなんて贅沢言ったら、神様に怒られちゃう！）

自分に言い聞かせて、ソラは教えてもらった焔獣城の図書室で書物を読んだ。

図書室には天井まで届く書架がたくさんあり、何十万という国内外の書物が集まっている。

もともと本を読むのが好きで、好奇心旺盛《おうせい》なソラは、この空間に心をときめかせた。そして稜光が忙しい時は、ここで読書をすると決めた。

城には他にも多くの人が出入りし、三時になると貴婦人や貴顕に誘われて、お茶会に出ることもあった。

この国では親しい者同士で夕食をとる文化があるらしく、先代王である稜光の父親や、美しい母親、そして稜光の幼い姉弟たちと一緒に食卓を囲んだ。

「ソラ、好きなだけ食べなさい。君は少し細すぎだ。もうちょっと太った方がいい」

充実した老後を過ごすため、早期に息子に王位を譲ったという前国王は、稜光にそっくりだった。きっと稜光が歳を取ったら、彼のように渋い男性になるだろうと想像させるぐらいに。

「そうよ、ソラちゃん。ここを実の家だと思って寛いでちょうだいね」

また、稜光の母親は美しいだけでなく優しくて、何かとソラを気にかけてくれた。

「あー！　海璃《かいり》お兄様、ずるいわ！　私だってソラの隣に座りたい～！」

「うるさいぞ、更紗《さらさ》！　来賓の隣に座ってもてなすのは、三男である僕の務めだ。そうだろう？　ソラ」

まだ百歳の……狼属にとっては十歳の稜光の弟は、利発そうな顔でこちらを見た。長女の更紗はとてもソラを気に入ってくれて、何かと膝の上に乗ってくる。

食卓には何十人前という食事が並んだが、前王の友人や家族で囲む夕飯は楽しく、話も盛り上がり、あっという間に皿も空になった。

この環境にソラは徐々に打ち解け、焔獣城に来て一週間経った頃には、稜光の一番上の弟の佳昌《かしょう》と、世間話をしながら刺繍《ししゅう》をするほど仲良くなった。

「ソラは手先が器用ですね」

真っ直ぐな亜麻色の髪を束ね、佳昌は微笑んでくれた。

孔雀の羽のように長いまつ毛と、透き通る琥珀色《こはくいろ》の瞳。白い肌は滑らかな陶磁器を思わせ、ふわふわの尻尾も輝いている。彼はまるで、森からやってきた妖精のように可憐で美しかった。

「ありがとうございます。この刺繍が出来上がったら、寝室に飾りたいと思います」

「それはいいですね。僕もそうしようかな」

短い会話だが、おっとりした佳昌とはとても気が合って、ソラは自然と微笑んでいた。

こうして二人が仲良くすることを一番喜んでくれたのは、多忙な稜光だった。

彼は相変わらずソラが眠った後まで仕事をし、明け方ソラの布団に入り、朝の口づけを交わして、慌ただしく公務に戻る。

今は発情期ではないけれど、ソラは彼に抱かれたいと強く願っていた。

そんなはしたない自分を認めざるを得ないほど、彼が好きなのだ。

濃厚な口づけだけでは、満足できない。

「稜光様、稜光様。朝ですよ」

「んー……」

紅梅色の窓掛けの隙間《すきま》から朝日が差し込む部屋で、ソラは隣で眠る愛しい男を揺すり起こした。

寝間着を身に着けず、寝る時はいつも上半身裸の稜光は、寝ぼけ眼にソラを抱き寄せた。

「もう、だめですよ！　こうやって僕を抱き締めれば、許してもらえると思ってるんでしょう？　許しませんよ！　今日は朝一で大事な商談があるって言ってたじゃないですか」

布団の中に引きずり込まれたソラは、怒った口調で稜光を諭したが、彼はまたすやすやと寝息を立てだしてしまった。

「稜光様、稜光様」

ソラはうつ伏せになって頬杖《ほおづえ》をつくと、彼の高い鼻を指でつっとなぞった。

それでも稜光が起きないのをいいことに、ソラは彼の頬を突いたり、ふかふかの耳を引っ張ってみたりした。

しかしそれでもすやすやと寝ているので、ソラは肉厚で柔らかく、いつも温かい彼の唇を指先でふにふにと押した。

するとどうしても唇に吸いつきたくなって、眠っているなら少しぐらいいいかな？　と、ソラは稜光の唇に自らの唇を押し当てた。

「……んんっ⁉」

その途端、がばっと稜光に押し倒され、彼が狸《たぬき》寝入りをしていたのだと知る。

「もーっ！　稜光様、ずるい！」

頬を朱色に染めて、ソラは抗議した。

寝ていると思ったから鼻筋を辿ったり、頬を突いたり、自ら口づけたのに。

彼はきっとこんな自分の行動を、心の中で笑っていたのだろう。それは今の表情によく表れていた。

「そうだな。もう少し寝たふりをしていたら、もっと大胆なことをソラにしてもらえたかもしれないな」

真朱の尻尾をふさふさと振りながら、自分を見下ろす稜光に、ソラはぷぅっと頬を膨らませた。

「大胆なことなんてしません！　稜光様に求められれば、話は別ですけど……」

最後の方は聞こえないほど小さな声だったが、彼の大きな耳はソラの呟きを聞き逃さなかったらしい。

「例えば、自ら服を脱げと言ったら脱いでくれるのか？　ソラ」

「えっ？」

突如いやらしいことを求められて、ソラの頬は再び赤くなった。

「そ、そんなはしたないことできませんっ！」

「なんだ。俺が求めれば、なんでもしてくれるんじゃないのか？」

がっかりしたように、稜光はソラの胸に頭を乗せた。そして、安心したように目を閉じると何かを呟いた。

「なんですか？」

聞き返すと、今度はもっとはっきりとした声で言ってくれた。

「頭を撫でてくれ。耳もだぞ。耳もたくさん触ってくれ」

「稜光様……」

胸がきゅーんとした。

立派な大人が……しかも大陸一の国土を誇る国の王が、耳も触ってくれなどと自分に甘えてきたのだ。

彼の頭を両腕でぎゅっと抱き締めると、ソラはわしゃわしゃと稜光の頭を撫でた。そして毛に覆われた大きな耳も、もふもふと両手を使って触る。

「もう少し繊細に触ることはできないのか？」

ちょっと呆《あき》れ気味な声が聞こえたが、甘えてきた彼が大型犬のように思えて、ついつい愛情表現が大げさになってしまった。

「申し訳ありません。でも、稜光様が可愛くて……」

「俺が可愛いか？」

吹き出した稜光に、ソラは首を捻った。

「はい、稜光様はとても可愛いですよ。まるで子犬のように可愛くて……でも焔の聖狼の時は強くて勇敢で。政治を行う国王様の時は、とってもかっこよくて。『運命の番』である僕は、とても鼻が高いです」

「ずいぶん褒めてくれるな。一体何が欲しい？　宝石か？　それとも豪華な刺繍が入った着物か？　いや、領土を分けてやってもいいぞ。ソラなら、優しくて民思いな良い領主になるだろう」

「そんなものはいりません」

「じゃあ、何が欲しいんだ？」

自分の胸に顎を乗せたまま問うてきた彼に、ソラは真っ直ぐな眼差しで口を開いた。

望むことは、ただ一つ。

「我《わ》が儘《まま》だと承知しております。ですが、稜光様と過ごす時間がもう少し欲しいです」

「…………」

いつもの稜光なら、「すまないな」と言いながらソラの頭を撫でてくれただろう。自分を愛してくれながらも、民のために忙しい自分を許してくれと言うだろう。

しかし今朝の彼は違った。

稜光はソラの瞳をじっと見つめると、頭をぽんぽんと撫で、そのまま布団から出ていってしまったのだ。

（えっ……？）

「それでは公務に戻る。ソラはもう少し寝ているといい」

「は……はい……」

口調は優しいものだったけれど、深衣を身に着けた彼の背中はソラを拒絶していた。これ以上何も訊くな……と、無言で圧力をかけてくる。

稜光が出ていき、ぱたんと閉まった扉を見て、ソラは顔面が蒼白《そうはく》になった。

（ぼ、僕の我が儘のせいで……稜光様を怒らせてしまった！）

「ど、どうしよう……」

（同じお城に住めるだけでも、感謝しなきゃいけないと思っていたのに！）

「僕ったら、何を口走ってるんだよ！」

枕に顔を埋めて、ソラはこぶしで布団を叩き、足をばたばたさせた。

きっと「もっと一緒にいたい」などと言った自分を、稜光は重荷に感じたのだろう。

面倒くさい相手だと思ったに違いない。

いくら『運命の番』であっても、分不相応な我が儘を言えば、相手に苛立《いらだ》ちを与えるのだ。自分の足を引っ張る枷《かせ》だと。

「う――……失敗したっ！」

人を愛するというのは、とても難しい。

心も身体も稜光が欲しいと求めてるのに、焔獣城へやってきて十日目。稜光は口づけこそすれ、ソラを一度も抱こうとはしてくれなかった。

「……稜光様にとって、僕ってなんなんだろう？」

天幕の中での一夜を思い出せば、心も身体も疼《うず》いた。

けれども彼はもう、あの熱い夜のような行為は求めていないのだろうか？

「それとも、次の発情期が来たら何か変わるのかな……？」

ソラは顔を上げ、紅梅色の窓掛けをちらりと見ながら、零れそうになる涙を必死に堪えたのだった。

＊＊＊

この出来事を境に、ソラは稜光を避けるようになった。

避けるというより、彼から逃げるようになった。

できるだけ夕食の時間をずらしたり、寝る時は内側から部屋の鍵をかけたりした。

気を抜けば「一緒にいたい！　もっと愛して！」と、我が儘を言ってしまいそうになる自分を隠すために、ソラは稜光と目を合わせることもやめた。

この状況に痺《しび》れを切らしたのは、稜光の方だった。

三日目の夜。ソラが寝ていると、ばきっ！　と何かを壊す大きな音が聞こえた。

「な、何⁉」

驚いて目を覚ますと、そこには扉の取っ手を破壊し、それを床に放り投げる稜光の姿があった。

「りょ、稜光様……？」

「『運命の番』を、三日間も締め出すとはいい度胸だな。ソラ」

部屋に入ってきた稜光は怒りの空気を纏っていて、頬が引き攣った。

彼の気分を害さないよう必死に避けてきたのに、なぜ自分は稜光を怒らせてしまったのか？

理由がさっぱりわからないソラは、ずんずんと迫ってきた彼から逃げるように、寝台の隅で身体を縮めた。

「えっ？　どうして？　なんで稜光様は怒って……」

らっしゃるんですか？　と問う前に、寝台に乗り上げた彼に唇を塞がれた。温かく柔らかい唇で。

「ソラ、旅行に行く準備をしろ」

にやっと笑った彼の言葉に、ソラはきょとんとした。何を言われたのか理解できなかったからだ。すると稜光は至極嬉しそうに微笑んだ。

「いいな、その表情。俺はお前のそういう顔が見たかったんだ。だからここまで我慢できた」

「我慢……ですか？」

「あぁ、半月分の休みをもぎ取るために、お前を抱きたいのをぐっと堪えて、仕事に充ててきた。お前を驚かせようと思ってな」

「僕を、驚かせる？」

「そうだ。だから、お前がこの城に来て二週間。一度も抱くことができなくて辛かった」

額に口づけられて、ソラは涙が零れそうになった。

稜光は意味もなく自分を抱かなかったわけではない。

面倒くさいと思っていたわけでもない。

二人で旅行に行くため……その時間を内緒で作るため、彼は昼も夜もなく働いていたのだ。

「どうする？　ソラ。俺と旅行に行きたいか？」

答えなどわかっているのに、牙をちらりと覗かせながら稜光はにやりと笑った。

「焔獣国はいいところだ。国王自ら案内してやろう」

嬉しさを隠せないのか、真朱の尻尾がふさふさと左右に揺れている。

ソラは瞳をキラキラと輝かせながら、前のめりに頷《うなず》いた。

「行きたいです！　僕、稜光様と一緒に焔獣国を旅したいです！」

隠しきれない笑顔で答えると、満足そうに微笑んだ稜光に、再びソラは唇を塞がれた。

闇獣国がさらに荒み出したと聞いたのは、ソラが焔獣国に保護されてひと月近く経った頃だ。しかも毎夜のように儀晃の狂気じみた咆哮が、街中に響いているという。

その原因がソラにあることは、口に出さずとも焔獣城の皆は知っていた。

きっと儀晃は驚いただろう。自分がいない間に、折檻中のソラがいなくなったのだから。

実際稜光は、ソラと紫遠が逃げ出したあと、後宮の座敷牢まで案内されたという。

しかしそこにはぶつぶつに切れた赤い組み紐と、頽れるように意識を失った黒羽織の男しかいなかったそうだ。

しかも黒羽織の男は倒れる直前の記憶をなくしており、一体どうしてソラがいなくなったのか、憶《おぼ》えていなかった。

（きっと、紫遠様がそういう魔法もかけてくださったんだ）

このことにより、ソラの居場所が完全にわからなくなった儀晃は、毎夜悔しさから発狂しているという。

何度か焔獣国にも使者がやってきて、ソラについて訊ねていった。

けれども稜光が本当のことを言うはずもなく、使者たちは何一つ情報を仕入れることができないまま、帰っていったらしい。

夕食後、大人だけの茶の席でソラはこの話を聞いた。

隣に座っていた稜光の母親に優しく肩を抱かれ、「辛い思いをしたわね」と、すべてを察した上で慰められた。

また前国王も、今回の儀晃の狂った行いに眉を顰《ひそ》めた。そして闇獣国をひどく心配していた。

「前妻が生きていた頃は、良い政治を行う王だったのにな」

寂しそうな前国王の呟きに、稜光は湯飲みの中で、美しい花を咲かせている花茶を一口飲んだ。

「『運命の番』とは、善良な国王をも狂人に変えてしまう存在なんですね」

稜光の言葉に、ソラもその通りだと思った。

きっと国王でなくても、『運命の番』を失ったものは、その寂しさから狂人になってしまうのだろう。

「それよりあなたたち、明日から婚前旅行に行くんでしょう？」

「こ、婚前旅行だなんてっ！」

笑顔の母親に、ソラは顔を真っ赤に染めた。

しかし稜光は、しれっとこの言葉を肯定する。

「えぇ。その間国内と城内のことはお任せしますよ、父上」

「任せておけ。引退したとはいえ、まだ呆《ぼ》けてはおらん。お前程度の政治なら行える。心置きなく旅行を楽しんでくるといい」

「心強いお言葉です」

苦笑した稜光に、ソラの胸はちくんと痛んだ。

確かに二人で旅行に行けるのは嬉しい。

しかも稜光は、この旅行へ行くため半月分の休暇をもぎ取り、ソラの隣で寝落ちてしまうほど仕事を前倒しにして頑張ったのだ。二人の甘い時間すら削って。

だが、この楽しいであろう旅行は、闇獣国の民の犠牲のもとに成り立っている気がして、ソラは素直に喜べないところがあった。

「ソラ。お前はまた、何か複雑なことを考えているだろう？」

「えっ？」

視線を床に落とし、笑顔が少なくなったソラに、稜光ははっきりした口調で言った。

「自分の幸せが、闇獣国の犠牲の上に成り立っている……なんて、絶対に考えるんじゃない。お前は俺の『運命の番』だ。俺たちが結ばれるのは必然。このことに何も疑問を持つな」

「は、はい……」

でも、闇獣国はこれからどうなるの？　とか、稜光様の聖なる銅珠は、どこへ輿入れすればいいの？　など、ソラの中では不安に思うことがたくさんあった。

しかしこれらの疑問を口にした途端、この幸せが一瞬にして消えてしまいそうで、ソラは怖くて訊くことができなかった。

「そうだったわ！　私、ソラちゃんにいい物をあげようと思って用意してあったの！　もらってくれる？」

突然手をぽんと叩いて立ち上がった母親に、ソラは「はい」と笑顔で頷いた。すると侍女が楚々《そそ》と近づいてきて、包装紙に綺麗な紐がかけられた箱を渡された。

「どうぞ、開けてみて！」

「はい」

何が入っているんだろう？　贈答品などあまりもらったことがないソラは、わくわくしながら紐と包装紙を解いた。

すると、箱の中から出てきたものは……。

「母上、これはなんですか？」

稜光が片眉を上げげた。

ソラが両手で摑んで広げたものは、丈の短い、向こうまで透けて見える撫子色《なでしこいろ》の紗《しゃ》だった。

「何って、薄絹の着物よ！　絶対ソラちゃんに似合うと思って買っておいたの！」

「えっ？　これは、着物の上から羽織ればいいんですか？」

言われれば確かに着物に見える。

しかしあまりにも丈が短いので、ソラは一瞬幼児の着物かと思った。

「違うわよ、素肌の上に纏って稜光を誘惑するの。そうして精をいっぱい注いでもらいなさい。私たち聖なる銅珠は人間属だから。狼属と同じだけの寿命を手に入れるためには、たくさん精を注いでもらうことが必要だわ。ソラちゃんは私たちの家族になるんだもの。長生きしてもらわないと」

「母上……」

稜光は頭痛を押さえるように、額に手を当てた。

その隣で前国王は豪快に笑った。

「そうだな、ソラ。この着物を着て、稜光に散々可愛がってもらうといい。我ら狼属の精を受ければ、肌艶も良くなるぞ」

「父上まで……」

稜光は耐えられないといった感じで立ち上がると、箱を抱えたままのソラの腕を引いて応接室を出た。

その途端、ソラは急におかしくなって笑いが止まらなくなった。

「どうした。気でも触れたか？」

再び眉を上げた稜光に、ソラは首を振る。

「違います。稜光様のお父様もお母様も、本当に優しくて楽しい方だなぁと」

「あの二人も『運命の番』だからな。似た者同士なのかもしれない」

「えっ！　そうなんですか？」

「あぁ、まったくの偶然だがな」

驚いて目を瞬かせていると、稜光はソラを横抱きにして紅梅の部屋まで連れていってくれた。

「申し訳ないが、俺はまだ仕事がある。今夜も先に寝ていてくれ」

「はい、あまり無理をされませんよう」

「安心しろ、体力だけは自信がある」

口角を上げて微笑んだ稜光は、ソラのこめかみに口づけてくれたのだった。

＊＊＊

これまでずっと寺院で育ったソラは、旅行というものに行ったことがない。

小竜に乗って少し遠方まで行ったことはあるが、海のなかった闇獣国では、こんな景色を目にしたことはなかった。

「すごい！　すごいです！　稜光様！」

ソラは風に飛ばされそうになる、日よけの帽子を片手で押さえながら、声を弾ませた。

腕を組んで、はしゃぐソラを見つめている稜光も嬉しそうだ。

ソラは今、人生で初めて船に乗っている。

それはとても豪華な客船で、横揺れすることもなく、風を受ける立派な帆は見たことがないほど大きい。

これは稜光が個人的に所有している船で、時々こうして私的な時間を船の上で過ごしているそうだ。

ソラは望遠鏡を使って、果てしない海を見た。

蒼玉のように青い海原は遮るものは何もなく、遠くには海豚《いるか》という動物の群れが、弧を描くように次々と飛んでいる。

　空も高く、雲一つない好天気だ。

　まるで水平線の彼方で、海と空が溶け合っているように見える。なんと神秘的なのか？

「稜光様、あれはなんですか？」

　ソラは遠くに見える、小さな山のようなものを指さした。

「あぁ、次の目的地だな」

「英秀《えいしゅう》ですか？」

「あぁ、王都に次いで二番目に大きな都市だ。貿易が盛んな街だが、海の幸が豊富なうえに気候も良くてな。貴族の別荘地になっている」

「別荘地？」

「もちろん、我ら王家の別荘もある」

　どこか得意げに言った稜光が面白くて吹き出すと、稜光も笑った。

　英秀に着くと、活気に満ちた港の空気にソラは圧倒された。

　ソラと稜光だけのお忍び旅行とはいえ、周囲には護衛の者や侍従に侍女、細雪もいる。

　なので皆は王族の一行だとわかっていて、好奇心の目を向けながらも、ソラたちを上手く避けて歩いていく。

それでも声を荒らげ、捕ったばかりの魚を次々に捌《さば》いていく漁師や、それを店先で売る女性たちの笑顔。重たい荷物を馬車に搬入する若者たちの力強い動きに、ソラは少し怯《おび》えながらも目を輝かせた。

「すごい……これが民の生活なのですね」

日々を生きるために働く民を間近で見て、白いソラの心の中に、『生きる』という色が咲いていく。

生まれた時から住むことにも、食べることにも困ったことのないソラは、こうして労働して、金銭を稼ぎ、日々を生きる人々の逞しさを知らなかった。恒星に、馬車の御簾の外は見てはいけないと言われていたからだ。

でも、こんなにも生に満ちた逞しく美しい姿ならば、もっと早くに知っていたかったと思った。むしろ自分もこの中に混ざって、働きたいと思った。自らの力で強く生きていく彼らには、尊敬の念しかない。

しかし一方では王族の暮らしもあり、王族とはその国の代表でもあるので、恥ずかしくない振る舞いと、気品のある行動をとらねばならない。

小さい頃から、恒星に厳しく躾《しつ》けられた立ち居振る舞いや歌、踊り、生け花、琴の演奏などが、国内でのソラの評価を上げていた。「稜光様が他国から連れてきた美しい銅珠は、王族として完璧《かんぺき》だ」と。

（そう思うと、彼らがここで魚を売って生活しているのと、僕が王族の端くれとして振る舞うのは、少し似ているのかな？　どちらも人にとっては仕事だから）

「ソラ様。英秀のお屋敷に向かいますので、馬車にお乗りくださいにゃ」

「あ、はい」

細雪に促されて、ソラは金細工が施された黒塗りの馬車に乗った。

咆哮する狼の紋章がついた馬車は、通るだけで人波が割れ、混雑する港でも滑らかに走ることができた。

屋敷へ向かう途中、一行は国営の果樹園に寄り、ソラは初めて硝子でできた温室に入った。

そこでは見たこともない花々や樹木が育っていて、中でも二年に二日間しか咲かないという貴重な燭台《しょくだい》大蒟蒻《おおこんにゃく》の花を見ることができた。

しかし異様で大きな姿は恐怖でしかなく、絶対夢に見る！　とソラを怯えさせた。

けれども庭園に咲く季節の花々は美しく、そこに用意された食卓で、ソラたちは昼食をとった。

「これはなんという食べ物ですか？」

ソラは白くてふわふわの食べ物の間に、薄切り肉や胡瓜《きゅうり》、乾酪《かんらく》が挟まれたものを両手で摑んだ。

「これはサンドウィッチという。隣の大陸にある国の伝統料理だ」

「そうなんですか！」

それ以外にも稜光はキッシュやスコーン、ケーキやクッキーという不思議で美味しい料理を、ソラにたくさん食べさせてくれた。

隣の大国から輸入したという紅茶は香りが高く、牛の乳とよく合った。

ソラはミルクティーと呼ばれたそれを口にしながら、薔薇《ばら》の香りを運ぶ、心地よい風に吹かれた。

「世界は本当に広いんですね」

この庭園も果てが見えないほど広いが、稜光が相手にしている世界は、もっと広いのだと食文化からもわかった。

「あぁ、世界は果てしなく広いぞ。俺たちが思うよりずっと広い」

「でも稜光様は、その広い世界を相手にお仕事されているのですよね？」

「まぁ、政治的な外交も輸出入業も同列にさせるならば、これが俺の大事な仕事だな」

珈琲《コーヒー》と呼ばれた苦い湯を飲みながら、稜光は苦笑した。

そんな彼の横顔を、ソラは誇らしい気持ちで見つめた。

彼の広く逞しい両肩には、焔獣国と……そして焔獣国の未来がかかっているのだと。


英秀の屋敷は王城ほど大きくもなく、ちょうどよい広さの敷地内にあった。

しかも造りは伝統的な焔獣国の建築様式で、温暖な気候を最大限に生かした、壁など仕切りがあまりない、神殿建築となっていた。

ソラと稜光のために用意された部屋は広く、紗が掛かった大きな天蓋付きの寝台が部屋の真ん中にある、ゆったりとした内装だ。

大きな硝子窓越しには青い海が見え、広い露台には椅子と卓が置かれて、外でも食事ができるようだった。

屋敷に着いたあと、ソラは稜光と最小限の護衛と街を散策した。

郷土品である食器や石鹼、香水などあれやこれやと土産《みやげ》を購入し、路面店の美味しそうな軽食を摘まんだりした。

広場では二胡《にこ》と琴の演奏もされていて、心躍る音色にソラは駆け寄った。

「稜光様、素敵な音色ですね！」

「そうだな」

返事はしてくれたものの、稜光はあまり楽しくなさそうな……いや、辛いものでも見るような顔をしていたので、不思議に思いながら、ソラは彼の腕を引いてその場を離れた。

(どうしたんだろう？　稜光様は二胡と琴がお嫌いなんだろうか？)

何も気づかなかったようにその後も笑顔で振る舞ったが、ソラはこの時、華やかな焔獣城には音楽が流れていないことに気づいた。

あれだけ大勢の人がいる城だ。

専属の音楽家だっているだろう。

それならばどこかしらで演奏がなされて、四六時中音楽が流れていてもおかしくない。

ソラがいた質素な寺院ですら、二胡と琴が演奏される時間があった。

それは時を告げる役目もあったが、人の心を癒す重要なものだった。

ソラも琴が好きで、寺院にいた頃はよく弾いたものだ。

稜光と街の散策を続けて、屋敷に戻った頃には赤い夕陽が部屋を照らしていた。

「綺麗……」

窓辺に置かれた長椅子に座り、ソラは海に沈みゆく夕日を眺めた。

この美しく儚《はかな》い景色に感動して目を潤ませると、隣にいた稜光に肩を抱かれた。

「まるで宝石のようだな」

「はい……」

夕日を宝石に例えるなんて、我が『運命の番』は、どれだけ夢想家なのか。

しかし、一見強固で鋼の心に思える稜光が、実はとても柔らかい感性を持っていることを、ソラは知っていた。情に厚くて優しいことも。

そうなると、ますます焔獣国の聖なる銅珠の存在が気になってくる。

こんなにも人を思う稜光のことだ。きっと聖なる銅珠のことも気にかけているだろう。

ソラは今なら訊けそうな気がして、思い切って口を開いた。

「あ、あの稜光様！」

「なんだ？」

ソラの黒髪に鼻先を埋めたまま、稜光が応えた。

「えっと、その……ずっと気になっていたのですが」

「うん？」

「もし、僕と稜光様が番になってしまったら……焔獣国の聖なる銅珠は、どうなってしまうのですか？」

ソラの心臓はどっきんどっきんと大きく鳴っていた。

もしこれが地雷ならば、せっかく旅行に来たのに、稜光は機嫌を損ねてしまうかもしれない。

しかし稜光は機嫌を損ねることもなく、しばらく考えたのち、静かに口を開いた。

「俺の一番上の弟を知っているな」

「はい、佳昌様ですよね。いつも良くしてくださって……僕は佳昌様のおかげで刺繍を覚えました」

「そうだな、佳昌も楽しそうに話してくれた」

佳昌はソラと同世代で、今年百八十歳になるという、狼属の銅珠だ。

金珠が九割を占める王族の中にあって、銅珠の狼属はとても珍しい。

その上佳昌は優しく、温厚な性格で、母親似の美しいかんばせをしていた。

しかし彼には狼の耳がない。

むしろ首には青い首輪をしているので、一見すると人間属の銅珠に見える。

そのことを不思議に思っていたが、ふさふさの尻尾は確かに狼属のものなので、ソラはあまり深く考えなかった。病気や怪我で狼の耳を失ってしまう者もいると、書物で読んだからだ。

「それで、佳昌様がどうかされたのですか?」

「佳昌の背中には、大きな芍薬の痣がある。年齢的に考えても、佳昌が俺の聖なる銅珠だろうな。国内では、今のところ芍薬の痣を持つ者は、母上と佳昌しかいない」

「えっ……」

稜光の言葉に、ソラは大きく目を瞠った。

「あいつは王族の中でも稀有《けう》な存在でな。生まれた時から頭に耳はなく、尻尾しか生えていなかった。その上銅珠で、背中には芍薬の痣があった。しかし佳昌は間違いなく俺の弟だ。佳昌が生まれる際、俺も父上も出産に立ち会ったからな」

「で、では……稜光様の聖なる銅珠は、血の繋がったご兄弟ということですか?」

「あぁ。いくら国を発展させるために魁が必要であっても、実の弟と番うわけにはいかない。だから俺の本当の聖なる銅珠は、他国にいると思っていた。昔からな」

信じられない話だったが、そういう事情があったのなら、稜光が自分を『運命の番』として受け入れ、自国の聖なる銅珠について口を噤《つぐ》んでいたのもわかる。このような変則的な話をしても、なかなか相手は信じてくれないだろう。自分の本当の弟が、聖なる銅珠だなんて。

ソラは稜光が嘘をつく人物ではないことを知っているし、稜光の両親もよく知っている。

それに当人である佳昌とも仲良くさせてもらっているので、すぐに事情を呑《の》み込むことができた。稀《まれ》なことであっても受け入れられた。

「それでは、佳昌様の番となるお相手も、他国にいるとお考えですか？」

「わからん。しかし、そう考えるのが自然だろうな」

「……お相手は紫遠様、とか？」

「それはない。あいつにはすでに聖なる銅珠がいる」

「では洸獣王《こうじゅうおう》様ですか？」

「あそこは結婚もしていて、子どもが五人もいるから違うだろう」

「では峻獣王《りょうじゅうおう》様でしょうか？」

「確かに、峻獣王の聖なる銅珠は佳昌より幼いが、昨年発情期を迎えて結婚した。佳昌の相手ではないだろうな」

「それでは……」

「あぁ、たぶん佳昌の相手は闇獣王儀晃だ。儀晃もこのことに薄々気づいているやもしれん」

「そんな……」

ソラは儀晃にされたことを思い出し、自ら身体を抱き締めた。

前妻が生きていた頃は良い王だったというが、淫具で銅珠をいたぶることを楽しむ彼のもとへ、優しく穏やかな佳昌を嫁がせるなんて、不安で仕方なかった。

ソラの心を読み取ったのか、稜光が再び抱き寄せてくれた。

「大丈夫だ。必ず皆が幸せになれるようにする。安心しろ」

「はい」

彼は有言実行の人だ。

ソラは稜光の広い背中に腕を回すと、願うように目を閉じたのだった。

第四章　鴇羽《ときは》の約束

その夜、ソラは落ち着かなかった。

布団を直してみたり、鏡台の前で髪を梳《す》いてみたり、風呂場《ふろば》でよく洗った身体《からだ》の匂《にお》いを何度も嗅《か》いでみたりした。

「う、うん……大丈夫、なはず……？」

よくわからないが、たぶん自分の身体からは、稜光を喜ばせる香りがしているはずだ。

ソラは緊張から鼓動を速める胸に手を当てた。

先ほど、海の幸をふんだんに使った豪勢な食事を共にしたあと、稜光に「今夜、お前を抱く」と言われた。

「は、はぇ？」

驚いて変な声が出た。

そしてソラは顔を真っ赤にすると、水菓子の並んだ円卓で固まった。

「すまん、あまりにも情緒がなかったか？」

自分の直球すぎた誘いに、ソラが引いてしまったと思ったのだろう。稜光も少し困惑顔だった。

「い、いえ……そ、そんなことはありません！　ただ、突然だったのでびっくりして」

「そうか？　ならよかった。で、返事は？」

「へ、返事⁉」

回答を求められたことにも驚いたが、ソラはずっと稜光に抱かれたかったのだ。彼にもう一度、力強く抱いてほしかった。精をたっぷり注いでほしかった。

「あ、あの……よ、よろしくお願いいたします」

頭を深く下げ、それだけ言うのが精いっぱいだった。

「よかった。断られたらどうしようかと思った」

端整な顔に笑みを乗せ、稜光は目の前にあった桃を一切れ摘《つ》まんだ。すると、それをソラの口元に差し出す。きっと稜光の手から桃を食べろと言うのだ。

（そ、そんな！　恥ずかしいっ！）

相手の手ずから物を食べるというのは、とても親しいことを表す。しかも水菓子となれば、甘い蜜《みつ》が濃厚な情事を想像させ、恋人同士か夫婦でしか行わないと聞く。

それを稜光が求めてきたということは、ソラのことを恋人だと思ってくれているのだろう。将来番《つがい》になるべき相手だと。

彼の想いを受けとめようと、ソラは恥ずかしいのを我慢して、小さな口を目いっぱい開けた。そして差し出された桃を一口で食べる。

「甘いか？」

「は、はい！　とても……」

蕩《とろ》けそうな笑顔をくれた稜光は、ソラの濡《ぬ》れた唇を親指で拭《ぬぐ》うと、自ら指を舐《な》めた。

「本当だ。英秀の桃も美味《うま》いな」

無邪気な彼の笑顔にさらに頬《ほお》を染め、ソラはふしゅーっと頭から蒸気を上げて倒れてしまいそうだった。

（やっぱり僕、稜光様が好きだ！）

それから一時間。

先に風呂に入れと言われ、大理石で作られた広い湯舟に一人で浸《つ》かり、ソラはいつも以上に丁寧に身体を洗った。そうして入れ替わるように、稜光がさっき風呂に入っていったところだ。

三度《みたび》髪を梳《と》かしながらも、ソラは自分の着物が入っている棚をちらちらと見た。ずっと気になっていた。

今でも気になっている。

自分一人しかここにいないのにきょろきょろと周囲を見渡すと、先日稜光の母親からもらった撫子色《なでしこいろ》の薄絹を手に取った。

「なんとなく持ってきちゃったけど……これを素肌の上に着て、殿方を誘惑するのかぁ」

ごくりと喉《のど》を鳴らして、ソラは真剣な顔で考え込んだ。

仕立ての良い薄絹の着物は非常に丈が短く、帯も絹でできていて、簡単に解けるようになっている。

「でも、稜光様にお見せするわけじゃないし」

好奇心がもともと旺盛《おうせい》なソラは、稜光に見せないことを前提にして、薄絹の着物に着替えた。

（うわぁ……こ、これは！）

顔を真っ赤に染めながら、姿見の前でくるくると自分の格好を見た。

美しい撫子色の薄絹は淡い乳首と白い肌を透かし、丈はぎりぎりソラの形の良い尻《しり》を隠している。しかも解けやすい同色の帯はとろりと垂れて、艶《あで》やかさを倍増させていた。

「こんな恥ずかしい格好、とてもじゃないけど稜光様には見せられないな」

乾いた笑いを浮かべて、ソラが着物に着替えようとした時だった。

「よく似合っているぞ、ソラ」

「えっ？」

まだ入浴中だと思っていた稜光が、真朱の髪を拭《ふ》きながら風呂から出てきた。彼は寝間着をさらりと羽織り、ゆるく腰紐《こしひも》を結んでいる。

「りょ、稜光様!?」

ソラは己の服装を見られたことに困惑し、ぴしりと動きが固まった。頭の中も真っ白になる。

手にしていた着物で慌てて身体を隠したけれど、素早い動きで稜光にそれを奪い取られ、寝台の上へと追い詰められた。

「あ、あの……え、えっと……」

あられもない姿で寝台の隅まで逃げると、牙《きば》をきらりと覗《のぞ》かせて、稜光が舌なめずりをした。

「美しい獲物だな。たまらない」

「獲物……だなんて……」

深緋《こきひ》の瞳《ひとみ》が真っ直《す》ぐソラを捉《とら》え、狼《おおかみ》を彷彿《ほうふつ》とさせる四つん這《ば》い姿で、ぎしりと寝台に乗り上げてきた。

「稜光、様……？」

ソラは両腕で身体を隠しながら、ごくりと唾《つば》を飲み込んだ。

じりりと距離を詰められて、さらに身体を小さくする。

「いい眺めだ」

すると曲げた足の間から尻が覗き、そこをじっとりと見つめられる。

「稜光様っ、目がいやらしいです！」

全身を真っ赤にして抗議すると、稜光に声を出して笑われた。

「これからいやらしいことをするのに、なんの問題がある？」

「うっ……」

正論を言われて、ソラは抗議することができなくなってしまった。

「愛《いと》しいソラ、素直になれ」

「あ、待って……」

抱き寄せられて温かい稜光の胸に包まれた。

彼からはいつもの穏やかな香りではなく、雄を強く感じる麝香《じゃこう》のような香りがした。

（あぁ……また稜光様に酔ってしまう）

その香りは高級な酒のようにソラをくらくらさせ、全身を火照《ほて》らせる。

彼のすべてが欲しいと思い、理性すら吹き飛んでしまった。

「ソラ……」

囁《ささや》かれて、顔を上げた。

見つめあう互いの瞳は、熱に潤んでいる。

噛《か》みつかれるように口づけられて、ソラは真朱の頭を抱き寄せた。

大きな手のひらで背中を弄《まさぐ》られ、紗《しゃ》の肌触りにも感じてしまう。

丈の短い着物から覗いた尻を撫《な》でられて、羞恥《しゅうち》よりも喜びを感じた。

（稜光様に触ってもらってる）

毎朝濃厚な口づけをしていても、直《じか》に肌を触ってもらえることがなくて物足りなかった。

不安だった。

だからこうして彼の体温を直接感じることができて、涙が零《こぼ》れそうなほど嬉《うれ》しかった。

「ソラ……ソラ……」

胡座《あぐら》をかいた彼の足を跨《また》ぐようにさせられ、いつも自分の上にある大きな耳が下に見えた。

柔らかな尻の手触りを何度も確かめられて、欲情に火が点《とも》る。

稜光の頭が胸に懐くように擦《こす》りつけられて、きゅんとときめいた。

愛しい男の髪に指を埋めて、彼の額にそっと口づける。

「ん……稜光、様」

薄絹の上から乳首を甘く引っ掻《か》かれ、じんっとした快感が背筋を伝った。

それを何度も繰り返されて、完全に立ち上がった先端をきゅうっと吸われる。

「あぁ……」

音を立てて舐めしゃぶられ、その部分だけすっかり色を変えていた。

「んっ……」

もう片方の乳首も紗の上から摘ままれて、耐えがたいほどの愉悦に腰が揺れる。

「稜光様、そこばかりなさっては……」

自身が力を持って勃《た》ち上がり、後孔がじわりと濡れるのを感じた。

甘美な刺激にもじもじとするけれど、稜光はそれをわかっていて、ソラの乳首を弄《いじ》るのをやめないのだ。

「ん……ん、んっ」

いつの間にか稜光の太腿《ふともも》に腰を擦りつけていたソラは、小さく笑われた。

「たまらないな。淫乱《いんらん》なお前もたまらなくそそる」

「そんなこと、おっしゃらないで……！」

淫乱にさせているのは稜光なのに、まるでソラが自ら卑猥《ひわい》な姿を晒《さら》しているように言われ、大きな瞳に羞恥の涙が浮かんだ。

「冗談だ。お前があまりにも愛らしいから、からかってみたくなった」

「ひどい！」

詰《なじ》るとさらに笑われた。

そうして優しく布団に押し倒されて、ソラは精悍《せいかん》な稜光の顔を見上げる。

彼の瞳に自分だけが映っているのが見え、胸がとくんとくん……とさらに高鳴った。

「好きです」

言葉にしていたのは無意識だった。

稜光ははっとしたように目を見開き、嬉しそうに微笑《ほほえ》むとソラの唇を奪った。

「俺もお前が好きだ。炎の中で初めて出会った時から愛してる」

「稜光様……」

黒髪を撫でられて、目を閉じた。

首筋に唇が落とされ、それは下肢へと下りていく。

「あっ……だめ……」

大きく足を開かされ、股間《こかん》を熱い眼差《まなざ》しで凝視された。

しかし、以前股間を手で隠して注意されたので、ソラは恥ずかしいのを我慢して、枕《まくら》の耳をぎゅっと握り締める。

「本当にお前は可愛《かわい》らしいな」

天を突き、ふるふると震える肉茎を見つめながら、稜光が喉を鳴らしたのがわかった。すると呼応するように、ソラのそれはさらに硬くなり、先端から透明な蜜を零す。

「や、だめ……ぇ……」

赤い舌をひらめかせ、稜光は慎ましやかなソラの肉茎を口に含んだ。

ぬるりと温かい口内は蕩けそうなほど気持ちよく、男性にしては大きくない陰茎を、音を立てて舐めしゃぶる。

その淫猥《いんわい》な音にも、身体は反応してしまった。彼がわざと音を立てて愛撫《あいぶ》するのは、耳からもソラを犯すためだった。

「ひ……や、あぁ……ん」

両耳を塞《ふさ》いでしまいたい衝動に駆られたが、きっと稜光はそれを望まない。そう思い、ソラは必死に羞恥と戦った。

しかし羞恥はいつの間にか快感に変わり、恍惚《こうこつ》とした気持ちになってくる。

「あぁ、稜光様……稜光様ぁ……」

ねだるように腰は揺れ、ずっと枕を握っていた指先は口元にあった。

知らずと自分の指を舐める。なぜか口寂しさが襲ってきたからだ。

（あ、稜光様の男根が舐めたい……）

そう望んだのは本能だった。

からからに干からびた喉を潤したい。

彼の精を口から受け入れたい。

稜光の立派な熱杭《ねっくい》を見るだけでは、我慢できなくなってきた。

「あ、あの、稜光様……」

「どうした？」

おずおずと声を上げると、濡れた唇を拭いながら、稜光が身体を起こした。

「我《わ》が儘《まま》を……言ってもよろしいでしょうか？」

「よいぞ。政治のこと以外ならなんでも聞いてやる」

褥《しとね》で政治に関《かか》わる話をするのは禁忌だ。

それはソラも心得ている。

しかしあえてそのことを口にした彼を、王としてまた尊敬した。どんなに愛があっても、
揺るがない強い心に。

乱れた紗の着物を直しながら起き上がると、優しく微笑まれた。

（どうしよう？　断られないかな？　淫乱だと思われないかな？）

いろんな考えが頭を駆け巡ったが、ソラは渇きに突き動かされるように口を開いた。

「その……稜光様の男根を……舐めたい……の、ですけど……」

上目遣いに訊《き》いたソラに、稜光は折りの深い二重の目を瞬《しばた》かせた。

（あっ！　しまった！　僕、また変なこと言っちゃったかな？）

恋愛とは難しいものだ。

こんなにも好きなのに、相手の心は目に見えない。

だから暗中模索するのだが、恋愛だって初めての経験なのだ。

ソラはついつい空回りしてしまう自分の想いに、いつも不安でドキドキしていた。この言動は正解なのかな？　と。

すると、しばらくは石像のように固まっていた稜光だったが、突然ソラを抱き締めた。

「うわっ！」

驚いて声を上げると、そのまま稜光は仰向けに転がる。

「お前は本当に愛《う》い奴だな。可愛くて仕方ない」

声を上げて笑った稜光に、自分は正しかったのか、間違っていたのかわからない。

「あ、あの、稜光様！　僕はまた、何か変なことを言ってしまったのでしょうか？」

逞《たくま》しい胸の上で顔を上げたソラに、稜光はにやりと笑う。

「何も変なことではない。さぁ、好きなだけ舐めるといい」

稜光は身体をずらし、片膝《かたひざ》を曲げるようにして着物の合わせを開いた。

「……！」

抑えられない衝動のまま言葉にしてしまったけれど、やはり狼属の……稜光の肉槍《にくやり》は凶器のように大きかった。

雄々しく反り勃つそれは、太い血管がくっきりと浮き出ていて、どくどくと脈打ち、形の良い先端からは透明な蜜が零れていた。

それを見て、ソラの喉がごくんと鳴った。

やはり自分は渇望していたのだ。

彼の精を。そして愛を。

きっと一口では含めないであろう肉塊に、ソラは赤い舌をそっと這わせた。

先端の蜜を舐めとり、熱い茎に指を添えてから、食《は》むように亀頭にしゃぶりついた。

満足げなため息が聞こえ、頭を撫でられる。

彼も感じてくれているのだと思うと胸が高鳴り、そして自分自身もどんどん硬くなる。

「んっ……んんぅ……ん」

稜光自身を小さな口では全部含めないとわかっているのに、ソラは官能的な舌触りから、もっともっとと求めてしまった。

「はぁ……あ、んん……っ」

彼を一生懸命舐めていると、まるで自分の肉茎も舐められているような気分になってくる。

その時だ。稜光の手がすっと伸びてきて、紗の上から乳首を摘まれた。

「んんっ！」

きゅっと引っ張られて、甘い電流が全身を突き抜けた。

猛《たけ》った自身からは透明な液体が零れ、敷布をたらたらと濡らしてしまう。

「んむ……はぁ、んん……っ、ん」

えぐみを感じる液体を、丁寧に吸い取った。

だんだん稜光の息遣いも荒くなり、ソラの乳首を弄る手も早急になってくる。

「ソラ、こちらに尻を向けろ」

「……えっ？」

堪《こら》えきれないといった具合に余裕を失くした稜光が、ソラの身体をひょいと持ち上げる。

そして自分の顔を跨ぐように、ソラを布団の上に下ろした。

「りょ、稜光様！　これはだめです！　こんな格好、恥ずかしいですっ！」

彼に丸見えであろう尻を手で隠すと、その手を退《ど》けられた。

代わりに蟻《あり》の門渡《とわた》りを舌で舐め上げられ、ソラは「ひゃっ！」と声を上げてしまう。

「いや、稜光様……そこは、あぁ……っ」

尻たぶを摑《つか》まれて、秘蕾《ひらい》を指で突かれた。

あまりの快感に、腰がびくびくと跳ねる。

蜜で潤んだそこに舌を這わされ、ソラは思わず逃げようとした。すると引き戻すように腰を固定され、稜光が与える甘い刺激から逃れられなくなってしまった。

「あん、あぁ、あっ……あぁ……」

稜光の熱杭に頬を擦りつけながら、ソラは喘《あえ》いだ。

強い悦楽に、理性は今にも飛びそうだ。

「本当にお前の声は可愛いな。そんなに可愛い声で啼《な》かれたら、もっと啼かせてしまいたくなる」

まだ余裕のある声で呟《つぶや》かれて、ソラは潤んだ瞳で稜光を振り返った。

「稜光様は……気持ちいいですか？」

自分ばかりが気持ちよくなってはいけないと、さらに硬度が増した熱杭を片手で擦った。

「あぁ、ソラにされることは全部気持ちいい。そして俺を幸せな気持ちにさせてくれる」

「幸せ？」

「そうだ。愛している者に施されることは、すべて嬉しい」

「稜光様……」

微笑んでくれた彼に、胸がじーんとした時だった。

「あぁんっ！」

秘蕾につぷんと指を挿入されて、ソラは現実に引き戻された。

「あん、やだぁ、あぁ……稜光様ぁ……っ」

淫猥な水音を響かせながら、男らしい指を抜き差しされ、ソラは四つん這いで喘ぐことしかできなかった。

「ひゃ……うん、あっ……あぁ」

指が増やされ、前立腺《ぜんりつせん》を刺激された。

とんとんとそこを叩《たた》かれるたび、たまらない刺激に今にも果ててしまいそうだ。

「あぁ……稜光様、稜光様！　このままでは……いってしまいます」

ぱさぱさと黒髪を鳴らして左右に頭を振ると、「それは困る」と苦笑されて指を引き抜かれた。

（あ……）

許されたと思う気持ちと、急に与えられた空虚に寂しさを感じた。

しかしそれはあっという間に埋められる。

「あぁ……っ」

仰向けにされると、稜光は再びソラの蕾《つぼみ》に指を差し入れた。

そして先ほどよりも激しくかき回しながら、震える肉茎にしゃぶりつく。

「ひっ……んん、あぁ、だめだめだめ、だめです！　稜光様ぁ」

一際大きく腰が跳ね、ソラはどくんと精を放った。稜光は喉を鳴らしてすべて飲み干す。

「……そんなもの、飲んではいけません……」

愉悦の涙を拭いながら呟くと、ソラは頰に口づけられた。

「お前の精は実に美味い。魁《かい》が全身に漲《みなぎ》っていくのがよくわかる」

「僕の精を飲むと、稜光様は強くなれますか？」

「あぁ。きっと今の俺は、五国で一番強いぞ」

温かな笑みを向けられ、ソラは横になった稜光の胸に飛び込んだ。

すると当然のように抱き締められて、心も身体も満たされる。

「好きです、稜光様」

「俺もだ。人とはこんなに誰《だれ》かを愛することができるのだと、お前に教えられた」

視線がぶつかると、当たり前だと言わんばかりに唇が重なった。

「ん……」

舌を絡ませ合い、稜光の唾液《だえき》をこくりと飲むと、全身が潤っていくのがわかる。

そのまま胸の上に乗せられて、また小さな尻を弄られた。

「ふ、ぁ……」

唇を重ねたまま喘ぐと、下唇を食まれた。

指が再び秘蕾を出入りし、健気《けなげ》な孔を広げるようにされて、背筋がぞくぞくと痺《しび》れる。

「そんなことしちゃ、いや……」

抗議するも声は快楽に濡れていて、もっと弄ってほしいと言わんばかりの声音になった。

「ここはどうだ？」

「やぁ……」

再び前立腺を擦られて、ソラの欲望が膨らみ出す。

まだ硬い稜光の雄と触れ合って、気持ちがよくて腰が揺れた。

「ん、ん、ん、んんっ……」

理性も吹き飛び、稜光の熱に自身の熱を擦りつけた。

互いの蜜が混ざり合う粘着質な音に、さらに欲情を煽《あお》られる。

「たまらないな。ソラ、俺を跨げ」

「えっ？」

端整な顔を苦しげに歪《ゆが》ませながら、稜光がソラの両わきに手を差し入れる。そして自分の腰の上にソラを座らせた。

「あ……っ」

屹立《きつりつ》した雄々しい彼の先端が、秘蕾に触れた。

「そのまま腰を落とせ。ゆっくりでいい。無理はするな」

「は、はい……」

逞しい腹筋に両手をつきながら、ソラは少しずつ自分の中へ彼を招き入れた。

「あぁ……気持ちいい……」

まだ挿《い》れている途中なのに、彼の大きさに身体を開かれて、熱に犯されて、ソラは背中を反らせた。

太くて長い彼をすべて飲み込むことはできなかったけれど、それでも稜光が奥にいるのがわかる。

(あ、清められた気がする……)

緊縛され、儀晃や黒羽織の男に凌辱《りょうじょく》された身体が、稜光に抱かれることによって癒《いや》されていくのを感じた。

今では毎日が充実していて、二人だけの旅行も楽しく、恒星の死を乗り越えながらも笑顔で生活している。

儀晃たちに凌辱されたことを忘れたわけではないが、日々稜光に愛されて、重たい影は霞《かす》んでいた。

しかしこうして身体の奥まで抱かれると、嫌でも思い出してしまう。

だけど、今自分の中にいるのは稜光だ。

この世の誰よりも愛しくて、尊くて、大切な男。

そして、『運命の番』。

ソラは誰に仕込まれたわけでもないのに、自ら腰を上下させた。

もっと稜光を感じたくて後孔を絞れば、彼は眉根《まゆね》を寄せて熱い息を吐く。

「ソラ、上手いな。もっと深くまで飲み込めるか？」

「無理……です……もう、これ以上は……」

逞しいそれに前立腺を擦りつけながら訴えると、稜光が突然下から腰を突き入れた。

「ひゃっ！」

自分では受け入れることができなかった最奥まで突かれて、ソラの目の前に火花が散る。同時に射精してしまい、身体からくたっと力が抜けた。

「すまん、大丈夫か？」

「は、はい……」

ソラを気遣い、細い身体を支えながらも、稜光は再び腰を動かし始めた。

「あ、んん、あぁ……」

激しく抽挿を繰り返され、がくがくと身体が揺れる。

いつの間にか帯は解け、薄絹の着物は両肩から滑り落ち、尖《とが》った乳首も露《あら》わになっていた。

「あぁ、だめ……だめ……」

乳首も両方捏《こ》ねられて、再び絶頂への階段を上り始めた。

「ソラ、共にいくか？」

訊《たず》ねられ、こくこくと頷《うなず》いた。

すると突き上げはさらに激しくなり、あっという間に果てが見えてきた。

「あぁっ……！」

小刻みに全身を震わせ射精すると、体内に熱い迸《ほとばし》りを受ける。

「あ……あ……」

大量に注がれる精に、ソラは気の遠くなるような愉悦を感じた。

ぱたりと稜光の胸の上に倒れ込むと、優しく頭を撫でられる。

ずるりと雄が出ていって、こぷんと精液が溢《あふ》れた。

再び身震いする。

「やはりお前を抱いていると、首筋に噛みつきたくなるな」

「えっ？」

ぼそりと呟かれた言葉に、ソラは呼吸も整わないまま顔を上げた。

「お前に覆い被《かぶ》さって抱いてしまっては、きっと衝動を抑えられないと思ってな。この体位にしたんだが……それでも衝動はなかなか抑えられなかった」

わざと牙をにっと出して笑った彼に、ソラは頬を染めながら胸の内を明かした。

「……直に噛みついても、いいんですよ？」

すると再び稜光に頭を撫でられて、頬に口づけられた。

「確かに。今すぐ首輪を外して噛みつきたいのは山々なんだが……佳昌のことが落ち着くまで、もう少し待ってくれ」

「はい」

佳昌は焔獣国の聖なる銅珠として生まれながらも、国内には番《つが》う相手がいなかった。ソラもまた闇獣国の聖なる銅珠として生まれながらも、『運命の番』は国外にいた。それが稜光だ。

佳昌の番う相手は一体誰なのか？　本当に闇獣王儀晃なのだろうか？

ソラは稜光の胸に耳を押し当てながら、ぼんやりと考え込んでしまった。

長年の許嫁《いいなずけ》ではあったものの、儀晃にはもう良い感情は抱いていない。むしろ恐怖すら感じる。

そんな人間に、あの優しくて美しい佳昌を嫁がせてもいいのだろうか……？

「難しいなぁ……」

知らずと呟いた言葉に、稜光が反応した。

「すまない。早くお前と婚儀を執り行いたいのだが、弟の佳昌も大事なんだ。それを汲《く》んでくれると嬉しい」

「あ、違います！　今は、儀晃様のことを考えていて……」

「儀晃？」

稜光の片眉がぴくりと上がり、ソラは身体を入れ替えるようにして押し倒された。

「ならん。どんな理由があっても、俺といる時は他の男のことを考えるな」

むっと唇を尖らせた稜光が幼く見え、ソラは目をぱちくりさせた。

尻尾《しっぽ》もふおんふおんと不機嫌に揺れ、耳もぱたぱたっと苛立《いらだ》たしげに動く。

そんな大人げない嫉妬《しっと》を隠そうともしない稜光に、ソラは声を上げて笑ってしまった。

「なぜ笑う？」

さらに不機嫌さが増した彼に、ソラは宥《なだ》めるように口づけをした。

「だって、稜光様が嫉妬してくださるなんて……嬉しくて」

「俺はいつもやきもきしているぞ？　特に紫遠は男前で人付き合いも上手いからな。いつお前が心変わりするんじゃないかと、ひやひやしている」

「僕と稜光様は『運命の番』なのに？」

黒い目を大きく見開いて驚くと、稜光に右手を取られた。

そして薬指の根元に牙を立てられる。

「痛っ！」

ぴりっと走った痛みに、顔を歪めた。

しかしソラは、そこについた噛み跡を見て目を輝かせた。

「今はまだこんなことしかしてやれないが、いつかお前のうなじに噛みついてやる。待っていてくれ」

「はい！」

感激に胸を熱くさせながら、ソラは稜光にきつく抱きついた。

噛まれた場所には結婚を誓うように、鴇羽色の跡がついていた。


稜光と二人だけで過ごした半月は、まるで夢のようだった。

旅行中に人生二度目の発情期を迎えて、その夜は激しく抱かれた。

途中意識が途切れて何度も名前を呼ばれたが、目が覚めるとまた抱かれた。

結局朝から晩まで一日中抱かれていて、食事をとる時以外はずっと裸だった。

一緒に風呂にも入った。

風呂の中でも稜光に抱かれて、ソラは逆上《のぼ》せてしまったほどだ。

(愛されるって、ほんと大変……)

そんな贅沢《ぜいたく》な感想を抱くほど、ソラは稜光に抱き潰《つぶ》された。

しかし心も身体も隅々まで満たされていて、これまで感じていた不安や寂しさはすっかり消えていた。

彼との距離もぐっと近づき、今ではすっかり夫婦のようだ。

「ねぇ、稜光様」

「なんだ？」

帰りの船の中、ソラは自分の真っ平らな腹を摩《さす》りながら訊ねた。

「今回の旅行で、子はできましたかね？」

「それはないだろうな」

「やっぱり……」

がっくりとソラは肩を落とした。

銅珠は金珠を産むことが多いが妊娠しにくい。特に第一子ともなれば、特に難しい体質をしていた。

この旅行中毎日のように身体を繋《つな》ぎ、精をたっぷりと注がれたが、子をなすにはまだまだ時間がかかるだろう。それでも時間をかければ子ができるという常識が一般的にあったので、「焦ることはない」と稜光もソラの腹を撫でた。

「我らはまだ番ったばかり。これから共に何百年という時を生きる。その間に子ができればいいのだ。ゆっくり行こう」

「はい」

ソラは稜光の穏やかな笑みに、ほっとしながら頷いた。

（そうだよね、いずれ子どもはできるんだから。今は二人だけの生活を楽しもう！）

稜光とは早く夫婦になりたいと願っているが、できれば佳昌の嫁ぎ先が決まってから、二人の婚儀を執り行いたいとソラは思っている。

こうして稜光と一緒にいると、元は自分が闇獣国の聖なる銅珠であったことを忘れてしまいそうだ。

けれどもほどよい緊張感で保たれている大陸の……五国の安寧を考えると、闇獣国に聖なる銅珠がおらず、焔獣国に聖なる銅珠が二人もいるのは大問題だった。闇獣国の世継ぎが生まれないからだ。

この件について紫遠以外の国王から、五国の均衡を乱す可能性があると忠告されていた。闇獣国は聖なる銅珠がいないことから国内がさらに荒み、山火事や地震、河川の氾濫《はんらん》に土砂崩れなど、自然災害が頻繁に起こっている。

このままでは国が内部から崩壊してしまう。たくさんの死者も出るだろう。よって「今すぐ、ソラを闇獣国へ帰すべき」との厳しい意見も他国の王からは出ているそうだ。

しかしそれを押し切って、今回稜光はソラを旅に連れてきてくれた。よって、帰城したらこの問題に直面するのは明らかだった。

このことがふっと脳裏を過《よぎ》って、ソラは重たい気持ちになった。

(現実に引き戻されるって、こういうことをいうんだな……)

甲板から穏やかな青い海を見つめ、ソラは再び薄い腹を摩ったのだった。

＊＊＊

「さて、今回の聖なる銅珠問題について、貴殿がどう思っているか？　聞かせていただこうか。焔獣王稜光」

落ち着いた女性の一言から、会議は始まった。

城に戻って二日目。

今日も穏やかな気候の焔獣城に、四国の王が集まった。

迎賓殿の中にある藍《あい》の間といわれる落ち着いた内装の部屋に集まり、四人は円卓を囲んでいた。

出席者は焔獣王稜光、氷獣王紫遠。そして五人の中で唯一の女性である洸獣王寧々《ねいねい》と、最年少の崚獣王彪景《ひょうけい》だ。

今回、闇獣王儀晃には声をかけなかった。現在の彼の精神状態では冷静に議論できないと判断されたからだ。

「俺の考えは一択だ。ソラを我が妃にする」

「では、闇獣国の聖なる銅珠はいかがするおつもりですか？」

若い彪景は、憂いを滲《にじ》ませて稜光を見た。

紫遠も難しい表情で口を開く。

「確かに、稜光が聖なる銅珠を二人も抱えているわけにはいかないよね。きっとこの先、闇獣国はもっと荒んでいくだろう。滅亡の危機だ。今こそ儀晃には魁を与える聖なる銅珠が必要。それに世継ぎもね。次期国王がいなくても国は亡《ほろ》ぶ」

「…………」

腕を組むと、稜光は神妙な顔で目を閉じた。

この様子を、ソラは隣の部屋から見ていた。佳昌とともに。

本来なら、聖なる銅珠の身分で国王たちの会議を目にするなど、決して許されないことだ。しかし稜光は会議が始まる直前に、ソラと佳昌を呼びつけてこう言った。

「そなたたちの運命がかかった重要な会議だ。決めるのは我ら王だとしても、成り行きは知っておいた方がいい。その方が二人とも、結論に納得できるだろう」

藍の間に繋がる応接室の扉を開けて、稜光はこの会議を見せてくれた。

ソラは緊張して、両手にじっとりと汗をかいていた。鼓動も速く、変な力が両肩に入る。

それは緊迫した国王同士の会議だから……というのもあるが、次第によっては自分は稜光と引き離されて、儀晃のもとに帰されるかもしれないからだ。

稜光は、決してそうならないようにすると言ってくれた。皆が笑顔になるよう、より良い結論を出すと。

しかし他国の王たちは、すんなりソラと稜光を結ばせてはくれないようだった。

話はどんどん「ソラを闇獣国へ帰した方が良い」という流れになっていき、きつく膝の上でこぶしを握った。

「我らの寿命は長い。また焔獣国に聖なる銅珠が生まれるのを待ってみてはどうか？」

寧々は円卓の上で指を組み、ちらりとソラを見た。

きっと彼女の性格を表しているのだろう、鋭く冷静な眼差しは心に突き刺さるようだった。

「そうですよ、稜光様。もともとソラさんは、儀晃様のもとへ嫁ぐよう育てられた銅珠です。儀晃様の魁を回復させるための存在。よっては、国民を救うことに繋がるわけです。『運命の番』同士の絆《きずな》が、どれほど深いものかは察することしかできませんが……ここは冷静なご判断を」

身を乗り出した彪景の言葉に、稜光の眉間《みけん》の皺《しわ》がさらに深くなる。

「でもさぁ、次の聖なる銅珠が生まれるまで、誰が稜光の魁を回復させるの？　兄弟同士で番うわけにはいかないでしょ？」

用意された茶を啜《すす》りながら、紫遠がのんびりと言った。

稜光はまだ若い。だから生まれ持った魁でここまでやってこられた。

しかし歳《とし》をとるにつれて、魁は減少していく。

それを補い、回復させるのも聖なる銅珠の大事な仕事だ。

壁に掛けられた時計を見れば、すでに一時間が経っていた。

けれども一向に答えは出ず、国王たちはため息ばかりついている。

そんな重苦しい空気の中、突然隣に座っていた佳昌が立ち上がった。

「お兄様、僕は闇獣王儀晃様のもとへ嫁ぎます」

「佳昌!?」

稜光は立ち上がり、大きく首を振った。

「だってお兄様とソラさんは、獣人神様が決めた『運命の番』。それに僕はお兄様と血の繋がった弟です。どうしたって番うことはできない」

佳昌は微笑むと、迷いのない瞳で言った。

「きっと獣人神様がお間違えになったのです。本当はソラさんが焔獣国に生まれるべきだった。そして僕は、闇獣国に生まれるはずだった。そうでなければ、聖なる銅珠と国王が兄弟だなんて、おかしなことにはならなかったはず。こんな事例は過去を遡《さかのぼ》ってもありません。ですから僕は、本来生まれるべきだった場所へ参ります。いえ、帰ります」

「本当にそれでよいのか？　佳昌殿」

長い前髪の間から覗く鋭い眼差しで、寧々は佳昌を見た。

「はい。実は前から思っていたのです。僕は焔獣国に生まれるべき銅珠ではなかったと。番う相手はお兄様ではなく、他国の王なのだと小さい時から考えていました」

「佳昌……」

苦しげな表情で、稜光は佳昌を見つめた。きっと大切な弟を、狂人寸前の儀晃には嫁がせたくないのだろう。

それを汲んでか、稜光を宥めるように紫遠が彼を見上げた。

「佳昌ちゃんの言うことに俺は賛成だな。だって佳昌ちゃんは、稜光と兄弟だったばっかりに、将来結婚できないかもしれないんだぞ？　子どもだってなせない。だったら俺たちがしっかり儀晃を監視しながら、佳昌ちゃんを闇獣国へ嫁がせた方がいいんじゃないかな？」

難しい顔のまま、稜光は何も答えなかった。そうして椅子《いす》に座ると、一言呟いた。

「すまない。数日考える時間をくれ」

「わかった。今回はすんなり決まるような議題ではない。これは人と人……そして家族の問題でもある。考える時間が必要だろう」

よく通る、寧々の声が部屋に響いた。

「しかし、結論は早く出してほしい。闇獣国は今危機的状況だ。苦しむのは民。そのことを忘れないように」

「あぁ」

神妙な顔で頷いた稜光に、ソラは胸を痛めた。

これで会議は終了となり、ソラは隣に座っていた佳昌に小さく声をかけた。

「佳昌様、本当にこれでよかったんですか？」

「もちろんです。僕は聖なる銅珠として生まれたからには、お役目をきちんと果たしたい。ですがこの国でそれが叶《かな》わないのならば、他国に自分の存在理由を求めるしかないのです」

「存在……理由？」

「そうです。僕らは聖なる銅珠です。どの国にいようと、番となった王の魁を増強させ、その方の子をなすのが僕らの務めであり、存在理由。ソラさんにはお兄様がいたように、僕にも聖なる銅珠として番う相手が必ずいるはずです。その方の子を産み、育てたい。そう望むのは贅沢でしょうか？」

「佳昌様……」

微笑んだ彼の目に迷いはなかった。本当に佳昌は、幼い頃からそう考えていたのだろう。

会釈して部屋を出ていった彼の背中を見送った。

その背中は狼属とは思えないほど小さく、華奢《きゃしゃ》だった。

（佳昌様は強いな）

ソラは稜光と出会うまでは漠然と、そして諦《あきら》めとともに自分の運命を受け入れていた。

闇獣国に生まれた聖なる銅珠なのだから、儀晃に嫁ぐのは当たり前だと。

彼の心が自分になくても婚儀を行い、愛もなく抱かれ、子をなすことが宿命なのだと。

しかし稜光が、そんな運命を打ち破ってくれた。

佳昌もまた、自分の運命を打ち破ろうとしている。

焔獣国の聖なる銅珠として生まれながら、他国に嫁ぐという数奇な道を行こうとしているのだ。

（僕も、もっと強くならなくちゃだめだ！）

ソラはこれまで、運命に流されるだけの日々を送ってきた。

しかし彼らを見ていると、運命とは……人生とは自分で作っていくものなのだと感じた。強い意志を持って切り開くものなのだと。

真っ白だったソラの心に、いろんな色が咲いていく。

稜光に出会い『愛する』という色が咲いた。

民の活気ある生活を目の当たりにして、『生きる』という色も咲いた。

そして今、ソラの心に『運命を切り開く』という色まで咲いた。

どんなに辛《つら》いことがあっても、悲しいことがあっても、己の人生は己で築き上げていかなければならないのだ。

「僕も稜光様と添い遂げることができるよう、心を決めなくちゃ！」

これまで佳昌の行く末を理由に、ソラは稜光との婚儀を先延ばしにしてきた。

確かにそれは佳昌を心配してのことだったが、裏には「稜光と結婚する覚悟がまだ決まっていない」という本音もあった。

怖かったのだ。

闇獣国という母国を出ることが。

心苦しかったのだ。

儀晃を捨てるということが。

ソラは真っ直ぐ前を見据え、部屋を出た。

瞬間、開け放たれた窓から風が吹き抜ける。

金糸雀色《カナリアいろ》の三重衣の裾《すそ》が舞った。

「気持ちのいい風だなぁ」

心から浮かんだ笑みを湛《たた》えると、ソラは胸を張って一歩踏み出した。

まるで弱かった自分と、決別するように。

＊＊＊

「ソラ、おめでとう」

「ありがとうございます」

焔獣国では、めでたい時には色とりどりの求肥《ぎゅうひ》でできた菓子を食べるらしい。

それを一つ摘まんだ稜光が、照れるソラの口の中に入れる。

「うん！　美味《おい》しい！」

「だろう？　俺もこの菓子は好きなんだ」

そう言って、稜光も嬉しそうに菓子を摘まんだ。

会議が行われたその夜。迎賓殿の蒲公英《たんぽぽ》の間には明るい笑い声が満ちていた。

今日、ソラは十九歳になった。

卓の上には豚を丸々一頭焼いたものや、揚げた鯛《たい》の餡《あん》かけ。雲丹《うに》とふかひれの羹《あつもの》に新鮮な魚の刺身など、普段なかなか食べることができない豪華な食事が、山のように並んでいた。

まだ正式な妃ではないので、国を挙げての祝日にはならなかったが、それでも周辺国の貴顕や貴族が集まり、ソラの誕生日を祝ってくれた。

卓の一番上座に稜光と座っていたソラのもとに、たくさんの人が祝いを述べにやってくる。

宝石や上質な絹、見たことのない他国の服や、抱えきれないほど大きな包み。それらはすべてソラへの祝い品で、細雪や侍従たちは忙しそうに立ち回っていた。

ソラの豪勢な誕生日会は夜を徹して行われた。これもまた焔獣国の伝統らしく、祝い事は日を跨いで宴会を開くそうだ。

「ふう……」

未《いま》だ終わらぬ宴に、ソラは少し疲れてしまった。

そして稜光の目を盗んで、蒲公英の間の露台に出る。

夜空は澄み切っていて、星が綺麗《きれい》に見えた。

それを見上げながら、ソラは冷めない興奮と心地よい疲れに自然と笑顔になった。

「ソーラちゃん」

どこからともなく呼ぶ声がして、ソラはきょろきょろと周囲を見回した。するとキラキラと輝く青灰色の粉が舞って、それは一人の美しい男へ姿を変えた。

「紫遠様！」

「お誕生日おめでとう、君も十九歳か。いいね、色気のある良い人妻になれるよ」

「ありがとうございます」

彼らしい祝いの言葉に微笑むと、紫遠は難しそうな顔で腕を組んだ。

「どうされたのですか？」

訊ねると、彼はもっと難しい顔をした。

「うーん……ソラちゃんにね、とっても素敵な祝い品を送ろうと思ったんだけど。美しい花束も、宝石も、着物もありきたりかなぁと思って。何をあげるか悩んだんだ」

「そんな……ありがとうございます！」

　ソラは嬉しくて深く頭を下げた。

　すると彼はソラの肩を摑んで、すまなそうに上体を起こさせる。

「いやいや、悩んだんだけどね。なんだかソラちゃんにぴったりの品物が思いつかなくて。だからこれをあげることにしたんだ」

　紫遠は深衣の袂《たもと》を漁《あさ》ると、手のひらほどの大きさの瓶を取り出した。

「それはなんですか？」

　ソラの目が好奇心で輝き出した。

「うん。これはね、俺の魔法の粉だよ」

「紫遠様の魔法の粉……」

「そう。俺はこの粉を自ら作り出すことができて、この粉に命令して自由を手にし、数ある危機を脱してきたんだ」

　彼の言う数ある危機というのは、きっと戦のことだろう。

　氷獣国も、先の大陸との戦いから、兵を失ったと習った。

　しかし勇敢に戦い続けた紫遠は、被害を最小限にとどめることができ、氷獣国では高い支持を受けているらしい。

　こんなにも飄々《ひょうひょう》とした面白い人物なのに、紫遠は国に戻れば英雄の王なのだ。

「でね、無鉄砲で目が離せないソラちゃんのために、これをあげようと思って」

無鉄砲と言われて、言い返すことができなかった。自分でも自覚していたからだ。

ソラは思い立つと、考えるより先に身体が動いてしまう。それにより、良いことも悪いことも経験してきた。

「この瓶の中には、三回分の魔法の粉が入ってる。この粉を振りかけて心の中で願いを唱えるんだ。もちろん声に出してもいいよ。そうするとこの粉が願いを叶えてくれるから」

「願いですか？」

「そう。もしも稜光が浮気をしたら、これを使ってこてんぱんにしてやりな。煮るなり焼くなり、自由にできるから」

そう言って片目を閉じた彼に、ソラは笑った。

「でも、いいんですか？　そんな大事なものをいただいてしまって」

「もちろん。他の人には絶対にあげないけど、可愛いソラちゃんのお誕生日だ。どうぞもらって」

「ありがとうございます。お守りにさせていただきます」

「そうだね。普通なら、こんなものは使わないに越したことはない。ぜひお守りに」

「はい！」

ソラは綺麗な青灰色の粉が入った瓶を受け取った。

それはまるで白金のようにきらきらと輝き、液体のようにも見える。

「とても不思議な粉ですね。見ているだけでも楽しいです」

「そうだろう！　なんせ俺が作り出した魔法の粉だからね。美しいに決まっている」

ふざけて胸を張った彼に、ソラはぷっと吹き出して笑った。

紫遠もおかしかったのか、星空の露台で二人で笑った。

紫遠は本当に面白い王だと思った。そしてこんな無鉄砲な自分を心配してくれる、優しい王でもあると。

国民から支持されるのもわかる。

きっと紫遠に愛される聖なる銅珠も、幸せになるに違いないと思った。

第五章　月白の勇気

優しかった恒星の夢は、今でもよく見る。

両親の愛情を受けることのなかったソラにとって、彼は親も同然だった。

だからだろうか。自分の花嫁姿を彼に見せたかったと、ソラは悔やんでいた。

「とってもお似合いですにゃ～！　ソラ様」

「ありがとう、細雪」

いくつも着物が広げられた衣裳部屋で、ソラはにっこりと微笑んだ。

姿見に映る姿は、大輪の薔薇《ばら》のように美しい。

焔獣国では、昔から祝いの席では赤い着物を着る。

特に国王の婚儀ともなれば、着物は華やかで豪華だ。

上質な絹の着物はずっしりと重く、侍女が四人がかりで着せてくれた。ゆったりと広がる裾に、金糸の刺繍《ししゅう》がふんだんに施されているので、その重みだろう。

帯には幸福と栄華を表す天竺牡丹《てんじくぼたん》が艶やかに咲き、胸元にも同様の刺繍が施されている。

袖には子孫繁栄を花言葉に持つ折鶴蘭《おりづるらん》が染め抜かれ、いかに王子や王女の誕生を待ち望まれているのかがわかった。

「本当にお似合いですわ、ソラ様」

「まるで天女様のよう」

侍女たちもうっとりとしながら、ソラの美しさを口々に褒め称《たた》える。

「ありがとうございます」

彼女たちに会釈しながら、ソラは緊張感ある衣裳の重みに決意を新たにした。稜光と手を取り合い、共に幸せになるという決意を。

季節は冬に変わり、温暖な気候の焔獣国にも冷たい風が吹くようになった。

佳昌は先日、闇獣国へ嫁いでいった。

見送る稜光の顔に、笑みはなかった。

ただ「辛いことがあったら、すぐ帰ってくるように」と、何度も強く手を握っていた。

輿《こし》入れする際は、馬車に乗っていくのが通例だ。

竜は「飛んでいく」ということで離縁を想像させるので、輿入れの際には使わない。

なので佳昌も多くの嫁入り道具を持ち、三週間もかかる道のりを嫁いでいった。

長い行列を作って。

「そろそろ佳昌様も、闇獣国へ着いた頃でしょうか？」

ふっと彼の笑顔が脳裏を過って、細雪を見た。

「そうですにゃ……あと二、三日というところでしょうか？　佳昌様が闇獣国にお着きににゃった時は、早竜が飛んできますので。ご心配にゃく」

「はい」

細雪の笑顔に微笑み返し、ソラは披露宴用の着物を試着したのだった。


冬も明けようかという頃。

闇獣国へ忍ばせている間諜《かんちょう》から一通の文が届いた。

内容は、闇獣王儀晃の魁が漲り出したので、天災、人災が減ったこと。風や大地を操ることもできるようになったので、この冬は芋が豊作で、飢えて死ぬ者がいなかったことが書かれていた。

佳昌が嫁いだことにより、すべてが良い方向へ動き出していた。

このことに稜光も胸を撫で下ろしたようで、ともに文を読んでいたソラは、安堵《あんど》した彼の横顔にホッと息をついた。

しかしこの頃から、盛んに闇獣王儀晃からソラ宛に手紙が届くようになった。

「佳昌が慣れない環境で寂しがっている」「最近、すっかりふさぎ込んでしまった」など、内容は佳昌の心や気持ちを心配させるもので、「近々佳昌に会いに来て、元気づけてやってほしい」という一文が必ず入っていた。

このことに、ソラは不安を募らせていた。

もちろん二人の間に情が生まれ、元は良き王であった儀晃に愛されているかもしれない。幸せな毎日を送っているかもしれない、
しかし、本当に佳昌は幸せな毎日を送っているのだろうか？　ソラは疑問だった。

なぜなら、本当に佳昌が幸せならば「寂しがったり」「ふさぎ込んだり」しないはずだからだ。もしかしたら、自分もされたような淫具を使った折檻《せっかん》を、あの美しくて優しい佳昌も受けているのではないか？　と、心配になるほどだった。

そしてこの手紙は、ソラにだけに届けられ、稜光の目に触れることはなかった。

闇獣国では儀晃の側近を務めているという間諜に、なぜ手紙を届けてくれるのか？　と問うと、

「このお手紙を稜光様がご覧になったら、今すぐ婚姻を解消しろとおっしゃるでしょう。

ですが闇獣国は今、良い方向に向かっております。ここで佳昌様が闇獣国からいなくなることになれば、再び苦しむのは民。しかし現状はどなたかにお伝えしなければならない。ですから佳昌様と仲のよろしかったソラ様に、このお手紙を直接お届けしております」

「そうですか」

間諜とは不思議な存在で、話が済むと音もなく消えていく。もしかしたら紫遠と同じ魔法が使えるのかもしれない。

ソラは、紅梅の間から外を見た。

晩冬とはいえ、焔獣国の冬は闇獣国の春先のような気候だ。

ここまで温暖な気候の中で育った佳昌には、雪が深く積もる闇獣国の冬は辛いに違いない。川の水が凍り、花々もすべて枯れ、肌を切り裂くような風が吹く日々に、心が折れてしまったのかもしれない。

「佳昌様……」

彼の穏やかな笑顔が懐かしい。

まだ嫁いで三か月と経っていないのに。

ソラと稜光の婚儀は、五月に行われることが決まった。

今ではすっかり稜光の寝所となった紅梅の間で、彼は長椅子に座り、風呂上がりに冷たい酒を飲んでいる。そんな彼の立派な尻尾に、ソラは一日の公務を労《いた》わるように櫛《くし》を通していた。

「稜光様は、本当に笊《ざる》ですね」

「ん？　酒のことか？」

「はい」

「そうだな。これまでどんなに酒を飲んでも、酔ったことはない。誰と飲み比べをしても、負けたことがないぞ。俺が酔うのはお前の香りだけだ」

「稜光様ったら」

頬がほんのり熱くなる。ソラは稜光の尻尾の先をぱたぱたと扇子のように左右に振ると、顔の熱を冷ました。すると稜光に突然抱き締められて、心臓が跳ねた。

「愛してる。こんなにも愛しい銅珠と結婚ができる俺は、幸せ者だ」

「稜光様」

彼に抱き締められるなんて何千回も経験しているのに、それでもソラの胸はまだときめく。こんな毎日が何百年も続くのかと思うと、僕の心臓は持つのかな？　と本気で思ってしまうほどだ。それぐらいソラは稜光が好きで、また稜光もソラを好きでいてくれる。

（……やっぱり、佳昌様のことは稜光様に話した方がいいのかな？）

温かい彼の胸の中で、ソラは考えた。

しかし手紙の内容を話したら、きっと稜光は佳昌を焔獣国へと戻すだろう。そうしたら闇獣国の民の生活はどうなるのだろうか？

それに、佳昌も言っていたではないか。聖なる銅珠として生まれたからには、その役目を果たしたいと。

（今度、佳昌様にお手紙を書こう。そしてご様子をお伺いしよう）

目を閉じると、ソラは稜光の背中に腕を回した。

すると口づけられて、差し入れられた舌から甘い酒の味がほんのりする。

押し倒されて、精悍な彼の顔を見上げた。

着物の帯が解かれて、するりと臀部《でんぶ》を撫でられる。

「さぁ、子作りを始めよう」

いたずらっ子のような笑みで言われて、ソラは小さく笑った。

こんな幸せは、この世のどこを探しても見つからない。

だから余計に強く思ったのだ。

佳昌も、こんな幸せの中にいればいいと。

＊＊＊

手紙を書き、間諜に託してから十日が経った。

しかし佳昌から返事はなく、ソラは一人で不安を募らせていた。

「ソラちゃん、どうかした？」

「えっ？」

昼食の席で、向かいに座っていた稜光の母親が首を傾《かし》げた。

「なんだかお箸《はし》が進んでないみたい。それにぼーっとして……」

「い、いえ……なんでもありません」

繕うように笑みを浮かべると、ソラは甘酢餡がかかった魚料理に手をつけた。

稜光は仕事で不在だったが、焔獣国の王家の食卓は今日も賑《にぎ》やかだ。

前国王の従弟《いとこ》家族が遊びに来ていて、総勢二十名で卓を囲んだ。

海璃は相変わらずやんちゃで、妹の更紗は彼の真似《まね》ばかりして遊んでいる。従弟家族にも小さな子どもが六人もいて、可愛らしい笑い声が絶えることはなかった。

だから余計に寂しかったのだ。

ここに佳昌がいないことが。

(佳昌様は今どうされてるかな？　一人で寂しくされてないかな？)

本当は、彼から返事がないことを誰かに相談したかった。聞いてもらいたかった。

佳昌の身が何よりも心配だったからだ。

しかし、間諜が言うように闇獣国の民が再び不幸になるのなら、誰にも相談はできない。

(小竜に乗って、一人で会いに行ってこようかな？)

そう思ったのは一度だけではない。もう何日も前から考えていた。

けれども、狂人寸前だった儀晃に会うのも怖い。

そのことが二の足を踏ませていたが、今はもう佳昌という聖なる銅珠がいるのだ。彼もきっと平常心を取り戻し、穏やかに暮らしているだろう。

ソラは稜光にも、稜光の家族にも内緒で佳昌に会いに行くことを決めた。

小竜に乗れば、半日で闇獣国へ着く。だから彼の元気な姿を確認したら、また半日かけて帰ってくればいい。稜光が眠った深夜に旅立てば、日付が変わる前には焔獣国へ戻れるだろう。

(稜光様には、恒星の墓参りに行ってくると手紙を残せばいいかな?)

決してこれも嘘《うそ》ではなかった。

彼の死を目の当たりにし、燃え盛る寺院の中に残してきてしまったことを、今でもソラは悔いている。だから彼の墓前に花を供え、謝りたい気持ちでいっぱいだった。

ソラには今、会いたい人が二人いる。

それは佳昌と、天国へ旅立った恒星だった。


今夜は満月だ。

ソラは満月が近いと発情期が来ることが多い。

しかし今回は遅れていた。

たぶん稜光に黙って佳昌に会いに行くことを、心苦しく思っているせいだろう。心労で遅れているのだ。

だからいつ発情期が来るかわからない。不用意に金珠を近づけてしまう可能性もあった。

しかし竜に乗って飛ぶなら、満月の夜がいい。その方が明るくて、遠くまで見通せるからだ。

儀晃と佳昌には会いに行く旨を伝えていた。間諜に頼んで手紙を渡してもらったのだ。するとと儀晃からは「歓迎する」と返事が来た。「佳昌とともに待っている」とも。

「よいしょ……と」

自分を抱き締めて眠る稜光の腕の中から抜け出すと、ソラは用意しておいた手紙を枕元に置いた。恒星の墓参りに行ってくると。日付が変わるまでには帰るので、心配はいらないと書いた。

今日も公務に忙しかった稜光はよく眠っていて、起きる気配はない。

ソラは事前に用意しておいた綿入りの深衣を着て、毛糸の首巻きをし、竜に乗りやすいように細袴《ほそばかま》を穿《は》いた。その上から薄汚れた外套《がいとう》を纏《まと》い、帽子を目深に被る。するとと顔も隠れて、ソラは使用人のように見えた。これで警備兵の目もくらませられるだろう。

ソラはそっと部屋の扉を開けると、周囲に人がいないことを確認した。そうして廊下へ一歩踏み出した時――。

（あっ！）

あることを思い出し、足音をさせないよう部屋の奥へ戻った。

（お守り、持っていこう！）

ソラが机の引き出しから取り出したものは、先日誕生日に紫遠からもらった魔法の粉だ。

それはとても美しいので、時々取り出しては眺めて楽しんでいたが、今回はお守りとして持っていくことにした。

「これを使うことにならなければいいけど……」

そう、この粉を使う気などまったくなかった。

けれど黙って焔獣国を抜け出したことを稜光に怒られたら、その時は彼にひと振りして、怒りを鎮めてもらえればいい。

（そんなことを考える僕はずるいかな？）

袂に小瓶を入れて、ソラは稜光を振り返った。

そして「行ってきます」と呟いてから部屋を出た。


案の定、警備兵は薄汚れた格好をしたソラを、聖なる銅珠だとは思わなかったらしく、難なく外へ出ることができた。使用人室から、供用で着られる服を拝借して正解だった。

それでもどきどきしながら後宮を出て、果実園を抜けて太鼓橋を渡り、賢陽殿の脇道《わきみち》を通って竜小屋に着いた。

「小竜」

竜小屋の番人がうとうとと船を漕《こ》いでいるのを確認し、ソラは小竜に駆け寄った。毎日会いに来ているが、小竜はソラの顔を見ると嬉しそうにくえーっと声を上げた。

「しーっ！　だめだよ、小竜。番人さんが起きちゃう」

慌てて口元に人差し指を当てると、小竜も理解したようにぎゅっと口を噤《つぐ》んだ。

「小竜。あとで美味しい果物をたくさんあげるから、僕を闇獣国へ連れていって」

小声で話しかけて鞍《くら》を着ける。そうして竜出し口の扉を押し開けると、ソラは満月を見上げた。

「うん、雲一つない。これなら飛んで行ける」

小竜に跨《また》がると、ソラは「お願いね」と、七色の鱗《うろこ》を持つ頭に口づけた。

すると彼は自ら飛び出し台まで行き、勢いよく飛び下りる。

羽根はすぐに風を捕まえて、あっという間に高度を上げた。

冬の夜風は切りつけるような冷たさだったが、綿入りの深衣も、毛糸の首巻きも温かかった。

満月がぐっと近くに見える。

焔獣城がどんどん小さくなっていった。

街も遠くに霞んでいく。

そして一時間も経たないうちに、景色はがらりと変わった。

高い煙突が立つ鉱山をいくつも越えて、農村地帯を延々と飛んでいく。

同じような景色にソラは方角を見失いかけたが、人間の言葉を理解しているらしい小竜は、ちゃんと闇獣国を目指していた。

海を渡り、見慣れた山岳が見え出した頃には、朝日も昇り始めていた。

眩《まぶ》しい橙《だいだい》の光に目を細めながら、生まれたての藍色の中をソラは飛んでいく。

「……綺麗だな」

そんな言葉が口から零れる程度には、緊張も解《ほぐ》れてきた。

きっと稜光は、今頃手紙を読んでいるだろう。

（驚いているかな？　それとも怒ってらっしゃるかな？）

自分が、いけないことをしているのはわかっている。

夫となる国王に黙って国を抜け出し、嫁いだ将来の義弟に会いに行くなど、言語道断だ。

特に焔獣国は嫁ぎ先に敬意を払う国で、身内とはいえ国を出たら婚儀にも出席しない。

そこまで徹底しているのだ。

しかし裏を返せば身内の結束が強く、家族と認識されれば底なしの愛情を与えてくれる。稜光の家族のように。

国境を越え、ソラと小竜は羽根を休めた。

降り立った湖は一面氷に閉ざされていて、釣り人が開けたらしい穴から、小竜は水を飲んでいた。

「なんか、おかしいな……」

懐かしい闇獣国は、焔獣国と明らかに空気が違った。

気候が違うのだから当たり前なのだが、闇獣国の空気はどこか重く、身体に纏わりつくようなねちっこさがあった。それなのに風は妙に冴《さ》えていて、心までも凍えてしまいそうだ。

(闇獣国って、こんなに冷たい国だったろうか?)

そう、寒いのではなく冷たいのだ。

木々のぬくもりも、雪の下に眠る大地の息吹もまったく感じない。まるで無機物の塊のような国だ。

しかし儀晃の体調は良いという。

佳昌のおかげで魁も復活し、国も安定して、民の生活も潤っていると。

「街に行けば、もっと雰囲気は違うのかな？」

目の下まで首巻きを引き上げて、ソラは呟いた。

ここは森の奥深くにある湖だ。人影もない。

きっと城下町に行けば、たくさん人もいるだろう。

腰の小袋に詰めてきた木の実を小竜に与え、ソラは再び彼に跨った。

「あともうちょっとだよ。小竜、頑張って」

くえーとひと鳴きして、小竜は羽ばたいた。

積もった雪が舞い上がって目の前が一瞬白くなったけれど、あっという間に視界が明るくなる。太陽もだいぶ上まで昇ってきた。

寺院があった場所が視界に入ってきて、ソラの心は思慕に震えた。

(儀晃様がすぐに再建してくださるとおっしゃってたから、新しい寺院の建設が始まってるはず！)

身を乗り出して目を輝かせたソラの期待は、あっという間に打ちのめされた。

そこにあった景色は、寺院が焼け落ちたままの姿だったからだ。

「嘘、どうして……？」

雪の上からでもわかる、黒い瓦礫《がれき》と焼け爛《ただ》れて剝《む》き出しになった地面。あの火事から半年以上も経つというのに、再建の様子はおろか人一人いない。

（大丈夫、大丈夫……何か理由があって、再建が遅れているだけだよ！）

嫌に波打つ胸に手を当てて、ソラは思った。

いや、そう思おうとした。必死に。

決して儀晃が、約束を破ったわけではないと自分に言い聞かせた。

そうしないと、とても恐ろしいことになると直感的に思ったからだ。

もし儀晃が、最後に会った時と変わらぬ性格だったら。

聖なる銅珠との約束を、軽んじるような王だったら。

「佳昌様……」

再び彼の身が心配になって、ソラの眉間に皺が寄った。

（獣人神様、どうか佳昌様が幸せでありますように！）

太陽が真上に上がった頃。人影も疎《まば》らな城下町の真ん中に、闇獣城が見えてきた。

闇獣城にも冷たい雪は降り積もり、相変わらずしんっと静まり返っていた。

ソラの顔を覚えていた兵士に小竜を預け、通い慣れた道を行く。

時刻はもう午前十時だ。儀晃はきっと朝食も済ませ、政治を執り行う新昌殿にいることだろう。

小雪が舞う中、ソラは新昌殿へ向かった。

雪を踏む音だけが響く城内に、本当に幸せになった佳昌がいるのだろうか？

そんなことを考えさせる寒さと静けさの中。ソラは新昌殿に辿《たど》り着いた。

「こちらは闇獣王儀晃様が執務を行う殿舎です。一般の方は入れません」

新昌殿を守る二人の兵士に足を止められ、ソラは慌てて儀晃からもらった手紙を渡した。

「僕はソラと申します。闇獣王儀晃様と妃の佳昌様に会いに来ました」

受け取った手紙を兵士たちはじっくりと読み、何度もソラの顔と見比べた。そして小さく耳打ちし合うと、「いいだろう」と一人の兵士が言った。

「儀晃様のもとへお連れする。ついてきなさい」

「はい！」

兵士に連れられ新昌殿に入ると、屋内の温かさにほっと息をついた。

そして首巻きと帽子を取り、外套も外すと執務室へ入った。

そこには、立派な机に座る儀晃がいた。

「久しぶりだな、ソラ」

「儀晃……様？」

彼は十歳以上若返っていた。きっと稜光や紫遠と同い年だと言われても信じてしまうだろう。肌は瑞々《みずみず》しくて張りがあり、黒い髪も、大きな耳も、太い尻尾もつやつやと毛艶《けづや》が良い。体軀《たいく》も立派になっていて、見ただけで魁を漲らせていることがわかった。

彼のあまりの変わりように、ソラは恐ろしさすら感じた。

生気もなく、青白い顔をした細身の中年だった儀晃が、ここまで変貌《へんぼう》するなどとは考えてもいなかったからだ。

「どうした？　ソラ。鳩《はと》が豆鉄砲を食らったような顔をして」

くくく……と笑った儀晃に、ソラは慌てて頭を下げた。

「お、お久しぶりです儀晃様。その……突然焔獣国へ嫁ぐことになり、誠に申し訳……」

「もうよい。儂《わし》のもとには今、佳昌という可愛い妻がいる。過去のことは水に流そう」

「あ、ありがとうございます……」

人が変わったように寛容な儀晃の態度に、ソラは信じられない気持ちでいっぱいだった。

（儀晃様は佳昌様という素敵な方を娶《めと》って、心も性格も変わられたんだ）

そう思い、ソラは胸を撫で下ろした。

佳昌が寂しがっているという手紙を何度ももらったが、それは軽度の懐郷病なのだろう。彼は今、儀晃に可愛がられてきっと幸せにしているのだ。

お茶を振る舞われ、「稜光とは仲良くしているか？」と訊ねられたソラは、素直に「はい」と答えた。

「『運命の番』に出会えたお前は幸せ者だ。まるで儂とヒイラギのように……いや、今ヒイラギの話をしたら、佳昌が妬《や》くな」

穏やかに笑った彼に、ソラも微笑み返した。

（こんなに優しい儀晃様のお顔……初めて見た）

ソラは彼の笑顔に胸が温かくなるのを感じた。と同時に、愛されて幸せだろう佳昌に早く会いたくなった。

（もし懐郷病なら、少しだけ焔獣国に里帰りさせてもらえれば、治るんじゃないかな？）

などと、暢気《のんき》なことまで考えた。

「あの……佳昌様は？」

「あぁ、佳昌か。佳昌なら今、後宮の自室にいるはずだ。儂が案内しよう」

そう言うと儀晃は席を立ち、自らソラを後宮へ案内してくれた。

寒い日でも、国王が不便なく移動できるよう作られた地下道を歩き、ソラは儀晃と宦官《かんがん》とともに佳昌のもとへ向かった。そして階段を上り、後宮の中に辿り着く。

後宮はソラが折檻された日から、何も変わっていなかった。

一瞬、あの時の恐怖が思い出されて足が止まったが、ソラは頭を振って鼓舞すると、儀晃のあとをついていった。

しかし、なかなか佳昌のいる部屋には辿り着かない。

（お妃様となると、後宮の一番奥のお部屋にお住まいなんだろうか？）

疑問を胸に歩き続けたソラだったが、さすがに不安を感じ始めた。

「儀晃様。後宮のこんな奥に、佳昌様はいらっしゃるのですか？」

「そうだ、大事な妻だからな。後宮で一番頑丈な部屋で暮らしている」

「一番……頑丈な部屋」

ごくりとソラは唾を飲み込んだ。

（やっぱり何かおかしい！）

急に不安を感じ、ソラは背後を振り返った。

すると無表情な宦官以外に、数名の兵士が後ろを塞いでいた。

ぞっと怖気《おぞけ》を感じる。ソラを逃がさんと言わんばかりの様子だったからだ。

「儀晃様……あの、なぜ兵士の方が増えていらっしゃるんですか？」

速まる鼓動を感じながら、儀晃を振り返った時だ。

「……っ！」

にたりと笑った彼の目は、狂気に満ちていた。

「お前を捕らえるためだ、ソラ」

「!?」

途端、背後から兵士に羽交い締めにされ、暴れる足も掴まれ、抵抗むなしくソラは担ぎ上げられた。

「いやだ！　下ろして！」

屈強な兵士に非力なソラが勝てるわけもなく、軽々と担ぎ上げられてしまう。そして大声を上げる口元も手で封じられ、後宮の最奥へと連れていかれた。

「痛っ！」

落とすように下ろされて、ソラは床に臥《ふ》した。

すると儀晃に髪を掴まれて、無理やり前を向かされる。

「ほら、お前が会いたがっていた佳昌だぞ」

「佳昌……様？」

信じられない光景が目の前にあった。

部屋は違えど、ここも忌まわしき座敷牢《ざしきろう》だった。

しかしソラが閉じ込められた粗末な部屋とは違い、室内は綺麗に整えられていて、他の部屋と変わらない装飾がなされていた。

けれども真ん中の椅子に座る佳昌は、ソラが知っている佳昌ではなかった。

長く美しかった亜麻色の髪は黒く染められ、肩の高さで切り揃《そろ》えられている。どんな薬品を使ったのか、琥珀色《こはくいろ》に透き通っていた瞳も真っ黒に変わっていた。

「佳昌様！　佳昌様！」

真っ白な深衣に身を包み、白牡丹の髪飾りを着けられた佳昌は、ソラを模した人形のようだった。ぼんやりと虚空を見つめ、生気も感じられない。

「やはり焔獣国の狼属はだめだな。どんなにヒイラギに似せようとしても、顔の彫りが深すぎて、ヒイラギには似ても似つかん」

「そんな、ひどい……」

柵《さく》にしがみついてもう一度彼を呼んだ。すると佳昌の瞳に光が戻った。

「ソラさん？　どうしてソラさんがここに⁉」

椅子から下りると、佳昌はソラの前に跪《ひざまず》いた。

その時、じゃらり……と嫌な音がした。彼の細い足首には、鎖のついた枷《かせ》が嵌《は》められていたのだ。

「さぁ、久しぶりの再会を二人で分かち合うといい」

座敷牢の扉が開けられ、ソラは中に放り込まれた。

「これはどういうことですか⁉　儀晃様！」

倒れ込みながらも頭を上げると、凍るような眼差しで見下ろされた。

「なんということはない。佳昌がヒイラギになるのを拒んだから、閉じ込めただけのこと。素直になればまた出してやる」

「そんな……寺院の再建も、恒星たちの墓も、お約束は守ってくださらなかったのですね！」

「寺院を再建する必要はもうない。聖なる銅珠は我が手にあるのだからな。それにたかが宦官のために、墓などこさえるものか」

「儀晃様っ！」

それだけ言うと、冷たい笑みを残して儀晃は去っていった。

「ソラさん、ごめんなさい。巻き込んでしまって」

「大丈夫です。それより佳昌様が、こんな状況に置かれているなんて」

彼の肩を摑むと、どきりとするほど痩《や》せていた。この細さが、三か月の間にあったことを物語っているようで、ソラの胸をぎゅっと押し潰す。

「私はいいのです。どんな状況であれ、自分で望んで嫁いできたのですから。でも、どうしてソラさんがここに？」

「佳昌様がふさぎ込んでいると、儀晃様から何度もお手紙があって……心配でここへ来ました」

「お一人で？　よく兄が許しましたね」

「それは……」

「もしかして、内緒？」

「はい……」

「なんて無茶を！」

柳眉《りゅうび》がきつく寄せられたが、次の瞬間、佳昌は優しく微笑んでくれた。

「だけど、ありがとうございます。僕もソラさんに会えて嬉しいです」

たまらなくなって、ソラは彼の細い身体を抱き締めた。すると強く抱き締め返されて、涙が零れそうになる。

（佳昌様は、このような場所にいてはいけないお方だ）

闇獣国に自らの意思で嫁いだとはいえ、佳昌は焔獣王の弟だ。気高く美しく、そして人の上に立つべく育てられた王族。闇獣王の妃となったことで、彼が不幸になってはいけない。ましてや、座敷牢に閉じ込められるなんて。

(儀晃様が求めていたのは、僕でも佳昌様でもなく、高祖伯父《こうそはくふ》のヒイラギだけなんだ)

狂っているとソラは思った。

ここまで執着を見せる儀晃は、異常だと。

「逃げましょう」

「えっ！」

扉を守る兵士には聞こえないよう、小さな声で耳打ちした。

「できません、そんなこと……」

佳昌の声は、動揺に震えていた。

「ですが、儀晃様は佳昌様を愛していない。このようなところにいては、佳昌様が不幸になるだけです」

「そうかもしれません……でも私は、聖なる銅珠の務めを果たしに、この国へやってきました。私にはなすべきことがあります」

「なすべきこと？」

「はい」

そう言って身体を離すと、佳昌は自らの腹を撫でた。

「新しい命が宿っています。私の中に」

「新しい命？」

瞳が零れそうなほど、ソラは目を見開いた。

「まさか、お子が？」

「はい」

銅珠は金珠と番になると、金珠しか産まない。

しかしなかなか妊娠しにくく、番っても最低五年は子どもができないとされていた。

なのに、嫁いで三か月で身重になるなんて。

佳昌は一体、どれだけ精を注がれたのか？

悲痛な思いでソラは訊ねた。

「来る日も来る日も抱かれたのですか？」

この問いに、佳昌は苦しげな笑みを浮かべる。

「体調がすぐれない日も抱かれました。どんなに抵抗しても『ヒイラギ』と呼ばれて、身体を開かされました」

淡々とした彼の言葉に、ソラはきつく唇を噛んだ。

同じ銅珠として、こぶしが震えるほどの憤りを感じる。

聖なる銅珠として生まれたとしても、自分たちには心がある。感情だってある。それなのに嫌がる銅珠を無理やり抱くなんて、強姦《ごうかん》と同じではないか？

懐から『お守り』を取り出すと、ソラは佳昌の足を縛《いまし》めている鎖に粉をかけた。そして両手を組み、紫遠に言われた通り心の中で願いを唱える。

（お願いします！　鎖よ、切れて！）

すると太い鎖は、鉈《なた》で切断したようにすぱっと切れた。

「これは……!?」

驚いた佳昌に微笑むと、ソラはこっそりと兵士たちの背中に粉をかけた。

（この人たちを眠らせて！）

すると扉を守る兵士たちは突然倒れ、大きないびきをかいて眠ってしまった。

「すごい！　紫遠様の粉は、本当に『魔法の粉』なんだ……」

「魔法の……粉？」

訝《いぶか》しがる佳昌にこの粉の説明をすると、何度も彼は瞬《まばた》いた。

「それは凄《すご》いものをいただきましたね！」

「はい！　今、これで扉を開けますね」

　最後の願い事を心の中で唱えながら、ソラは扉の鍵《かぎ》に粉を振りかけた。するとぎぃっと音をさせて、扉は難なく開く。

「行きましょう！　佳昌様」

「ですが……」

「お腹の子のためにも、こんなところにいてはよくありません。さぁ！」

「はい！」

　彼の手を引いて、ソラは来た道を駆け出した。

　しかし闇獣城の後宮は迷路のように入り組んでいて、早々に迷子になってしまう。

「どうしよう？」

　右から来たのか、左から来たのか？

　同じような廊下が延々と続く殿舎の中を、ソラと佳昌は走り回った。

（いけない！　こんなことじゃ、佳昌様を疲れさせてしまう！）

　彼の身体には、大事な命が宿っている。どんな事情があろうと、お腹の子に罪はない。

　むしろその誕生を……この子の未来も、守らなければいけないと思った。

「えーっと、えーっと……！」

幸い追手は来なかったものの、ソラは出口の見えない後宮の中で混乱に陥った。

ただでさえ細くなってしまった佳昌を、これ以上疲労させてはいけない。そう思うと、余計に焦ってしまう。

その時だ。

「ソラ様」

頭上から声が降ってきて、いつも手紙を届けてくれる間諜がひらりと下りてきた。

「あなたは！」

「遅れて申し訳ございません。出口へご案内いたします。さぁ、こちらへ」

そう言うと彼は先頭に立ち、ソラと佳昌を後宮の外へ逃がしてくれた。

地下道を走って出てきたのは、竜小屋のすぐ近くだった。

「ありがとうございます。あなたのお名前は？」

ソラが訊ねると、間諜は微笑んだ。

「私どもに名前などございません」

「でも、お礼をさせていただかないと」

「お気になさらず。さぁ、早くお逃げください！」

この言葉を聞いた直後だった。

とすんという音を立てて、彼の左胸に弓矢が刺さった。

「⁉」

背後で佳昌が小さく叫んだ。

目の前で間諜が頽《くずお》れる。

「まったく、目をかけてやったのに。焔獣国の鼠《ねずみ》だったとは」

「儀晃様⁉」

鼠と呼んだ間諜の死体を、儀晃は足で蹴《け》った。

すると亡骸《なきがら》は炭粉のように風に舞い、雪が降る曇天へと消えていってしまう。

それをにやりと笑いながら見ていた儀晃は、もう悪魔にしか思えなかった。

「どうやって牢を逃げ出したのかわからんが、手間をかけさせおって」

儀晃の背後には何十という兵士がいて、ソラと佳昌はあっという間に囲まれてしまう。

「なぜ、僕たちが逃げ出したことに気づいたんですか？」

佳昌を背後に守りながら、ソラは儀晃を睨《にら》んだ。

「簡単なことだ。佳昌の鎖に細工して、重さが変わると鈴が鳴るように仕掛けておいただけだ」

これを聞いて、ソラは強く唇を噛んだ。

彼はすべてを知っていて、ソラと佳昌の動向を見ていたのだ。

きっと佳昌が寂しがっているという手紙も、ソラを闇獣国へおびき寄せるための餌《えさ》だったのだろう。本気で闇獣国の民を心配した間諜の気持ちをも弄《もてあそ》び、儀晃はソラを誘い出したのだ。

「お前たち二人は儂のものだ。焔獣国へは帰さん。早く捕えろ」

儀晃が顎《あご》をしゃくると、兵士たちはソラと佳昌に腕を伸ばした。

「いやだっ！　離してっ！」

佳昌と引き離され、ソラは兵士に捕らえられた。佳昌も身を捩《よじ》って逃げようとするが、二人の距離はどんどん遠くなる。

「足掻《あが》け、足掻け！　愚図な銅珠ども。ヒイラギでなければ、みな同じ。子を産む道具でしかないお前たちに、なんの価値がある？」

大声で笑い出した儀晃は、確かに常軌を逸していた。

「今夜は二人纏めて可愛がってやろう。何がいい？　張形か？　縄か？　それとも儂の男根か？」

「佳昌様――――っ！」

指を伸ばし、必死に叫んだ時だった。

どぉっという地響きがして、熱風が舞い上がった。

瓦や玉砂利が、空に吸い込まれるように吹き飛んでいく。

何事かと周囲を見回すと、赤く燃え盛る炎が眼前にあった。

「よくも、我が花嫁と弟を愚弄《ぐろう》してくれたな」

腹に響くこの声に、ソラは覚えがあった。

「稜光様！」

燃えるような真朱の聖狼が、そこにはいた。

彼はソラを確認すると、高熱の咆哮《ほうこう》を上げる。

すると周囲の雪は一瞬で溶け、水蒸気となって視界を白くした。

「ほう、ずいぶんと立派な狼になったものだ。焔獣国の小僧が」

黒い外套を翻し、儀晃は不気味な嗤《わら》いとともに姿を変えた。

服が裂け、山のように筋肉が盛り上がり、一瞬にして獣毛が全身を覆う。

「儀晃様が、聖狼になられた」

兵士も圧倒されているのか、ソラたちを捕らえる腕が緩んだ。

儀晃はヒイラギが亡くなってから、狼の姿に一度もならなかったと聞く。

それは彼の魁が弱っていたというのもあるが、一番の理由は、彼自身がその重さに耐えられないからだ。

「これが……闇獣国の聖狼」

固まったまま、ソラは儀晃から目が離せなかった。

彼は二十尺……いや、稜光の三倍はありそうな姿へと変わっていたからだ。

「聖狼となって儂のもとへ来たということは、命を懸けて戦う覚悟だな？　稜光」

儀晃の地を這う咆哮に、殿舎の窓硝子《まどガラス》が一斉に割れる。

「そうだ。我が花嫁と弟の佳昌を焔獣国へ戻すため、勝負を挑みにやってきた」

「いい心構えだ。『運命の番』の伴侶《はんりょ》は、命を懸けて守るものだ」

再び咆哮を上げた儀晃に、稜光も吠《ほ》え猛る。

すると空気の層がぶつかり合い、それは稲妻を発しながら周囲に散らばった。

最初に仕掛けたのは稜光だった。

彼より小さく、俊敏な身体を使って、一気に喉元に嚙みついた。

牙が奥まで刺さったのか、鈍重な動きで儀晃は稜光を振り払う。

稜光は、彼を離すまいと必死に牙を立て続けた。

しかし大きな手で剝《は》がすように蹴倒され、稜光は音を立てて地面に叩きつけられる。

「稜光様っ！」

素早く体勢は立て直したものの、三倍はある前足が、稜光を圧《お》し潰そうと目の前に迫っていた。

「あぁっ！」

見ていられないとばかりに、ソラが目を逸《そ》らした時だ。

青い光が現れて、儀晃の足元を掬《すく》い上げた。

不意を突かれた儀晃は横転し、頭を振りながら後退する。

「紫遠っ！」

稜光の叫びに、ソラは青い光を見上げた。

「遅れてごめ〜ん。お前の脚の速さについていけなかったんだよ〜」

響いた声は聖狼のそれであったが、氷獣王紫遠だとすぐにわかった。

彼は美しい青灰色の聖狼に姿を変え、稜光の隣に降り立った。きっと援護に来てくれたのだろう。彼はいつも焔獣城に遊びに来ているので、また稜光に無理やり連れてこられたのかもしれない。

「紫遠か……おぬしの軽薄な態度も気に入らんかった。いい機会だ。二人纏めて潰そうぞ」

体勢を立て直した儀晃は、殿舎を揺らしながら稜光と紫遠のもとに突っ込んできた。

しかし、二匹はそれをひらりと躱《かわ》す。

儀晃は稜光と紫遠を追いかけ回し、方々へ飛び上がる彼らを捕まえんと必死になっていた。けれども二兎《にと》追うものは一兎《いっと》をも得ず。それを思い出したのか、儀晃は俊敏性では劣る紫遠を標的に定めたらしい。

「ちょっと！　儀晃のおっさん、危ねぇだろ！」

鋭い爪《つめ》が腹部をかすめ、紫遠の着地が乱れた。

その瞬間を狙《ねら》って大きな口を開け、儀晃は紫遠に襲いかかる。――が、間一髪のところで、稜光が紫遠の首を咥《くわ》えて飛びすさった。

どれだけ長い攻防が繰り広げられただろうか？

稜光は最初の一撃以外攻撃はせず、ただ巨軀《きょく》の儀晃が疲弊するのを待っているようだった。それを紫遠も察したのか、ただ逃げ回ることだけに専念している。

すると儀晃の動きは次第に鈍くなり、足元が覚束《おぼつか》なくなり、大量の血を吐いて倒れ込んだ。きっと稜光が最初につけた傷が、彼に打撃を与えたのだろう。

重たい身体も相まって、儀晃はすっかり動けなくなった。

「ヒイラギ……ヒイラギ……」

横倒れになった彼は、血を吐きながら、求めるようにソラと佳昌に手を伸ばした。

しかしその手を阻むように、稜光が二人の前に立ちはだかる。

「ぬしはまた、儂からヒイラギを奪おうというのか？」

儀晃の言葉に、ソラはなんのことか？　と眉を寄せた。

「そうじゃない。あれは事故だった。そなたもわかっているはずだ」

「事故？　お前が二胡《にこ》など弾いていなければ……っ！」

「一体、何を話してらっしゃるんですか？」

佳昌に目を向けると、彼は悲痛な面持ちで首を横に振った。

「あれは……本当に悲しい事故だったんです」

ヒイラギが事故で亡くなったというのは知っているが、どういう事故だったのかソラは知らない。彼の死を再び語れば、王家を揺るがすことになると恒星に言われ、詳しいことは教えてもらえなかったのだ。

儀晃は最後の力を振り絞って、上体を起こした。

そうして大きくひと啼きすると、どおんと音を響かせて倒れ込む。

「あぁ、ヒイラギ……もうすぐお前に会いに行ける……」

いつしか彼は、人の姿に戻っていた。

それを見て、佳昌は落ちていた外套を手にすると、儀晃のもとへ駆け寄った。そしてふわりと外套をかける。

周囲は血の海だった。佳昌の白い深衣も、白い髪飾りも、儀晃の血で赤く染まっていく。

「お前は、ヒイラギか……？」

虚弱な中年男性に戻ってしまった儀晃は、虚《うつ》ろな目で佳昌を見上げた。夢か現《うつつ》か、区別もつかなくなっているのだろう。

「そうでございます、儀晃様」

彼の命が尽きようとしていることを、佳昌は覚《さと》っているようだった。

あんなひどいことをした男だというのに、彼は慈悲深い眼差しを向け、細くなった手を両手で握っている。

「愛しいヒイラギ……さぁ、宦官に茶を運ばせよう。庭を眺めながら……二人で腹の子について……語らおうではないか」

「はい……儀晃様」

佳昌の大きな瞳から涙が零れ落ちた。

それは次から次へと溢れ出て、繋がれた二人の手を濡らしていく。

「腹の子は……女の子か？」

「いいえ、きっと儀晃様にそっくりな男の子ですよ」

「そうか……お前がそう言うのなら、きっと男の子なのだろうな……」

これまで見たこともないほど穏やかな顔で、儀晃は「ヒイラギ」と再び呟いた。そして縋《すが》るように佳昌に抱きつく。

「ありがとう。お前がいたから、儂の最後は輝いていた……」

この言葉は、本当にヒイラギに向けられたものなのか、最期を看取ってくれた佳昌に向けられたものなのかわからなかった。

しかし彼はそのまま佳昌の腕の中で力尽きると、さらさらと黒い灰に姿を変えて、天へと舞い上がっていった。

「儀晃様……」

知らずとソラも泣いていた。

自分にひどいことをした男なのに、自分の中にあるヒイラギの部分が、震えるように涙を流していた。

（きっと高祖伯父の血が、彼の死を悲しんでるんだ……）

のちにソラはそう思ったが、この時は流れ出る涙を止めることができなくて、稜光の毛並みに顔を埋めて泣いた。

稜光はソラが泣き止《や》むまで、ずっとそばにいてくれた。

丸くなり、大きな舌でソラの涙を舐めとり、尻尾で慰めながら、声を上げて泣くソラのそばに、日が暮れるまでいてくれたのだ。

第六章　永遠の色

それは百年前の話。

ソラが生まれる、ずっと前の話だ。

狼属の年齢で十四歳だった稜光は、文武両道な少年だった。

その中でも、特に二胡の演奏に秀でていた彼は、同じく二胡の名演奏者として有名だったヒイラギに、弟子入りしていた時期があったという。闇獣国へ留学をしていたのだ。

ヒイラギと稜光に、そんな繋がりがあったことにも驚いたが、武道に秀でていると思っていた彼が、二胡を演奏していたなんて思わなかった。音楽の話など、一度もしたことがなかったからだ。

優しくて聡明《そうめい》だったヒイラギは、丁寧に二胡を教えてくれたという。それは仲睦《なかむつ》まじい光景で、まるで本当の兄弟のように見えたらしい。

すると闇獣城内の、ヒイラギを良く思わない者たちに、根拠のない噂《うわさ》を立てられた。

「焔獣国の王子とヒイラギは、儀晃様の目を盗んで密通している」と。

根も葉もない噂だったが、事態を収拾させるため、稜光は儀晃に命じられて焔獣国へ帰った。

けれども二人は、その後も手紙をやり取りし、同じ二胡を愛する者同士、純粋に友情を深めていったという。

そして稜光が国に帰されて三か月後。ヒイラギが妊娠していることがわかった。

儀晃は大喜びし、子どもが生まれる予定日を、国の祝日に定めたほどだった。

しかし、そのことすら良しとしない者がいた。

儀晃の弟で、王位継承権第一位だった、孫吾《そんご》という人物だ。

孫吾は再び根拠のない噂を立てる。

「儀晃には子をなす力がない。それなのにヒイラギが妊娠したのは、焔獣国の王子と交わったからだ」。

この噂は国民の耳にも入り、ヒイラギは不貞の子を身籠《みごも》っていると騒ぎになった。街には『ヒイラギは国を超えた売春夫』と書かれた新聞まで撒《ま》かれた。

これに一番傷ついたのは、ヒイラギだった。

ヒイラギはふさぎ込むことが多くなり、笑みも消えていったという。

そんな彼を心配した稜光は、謂《いわ》れのない噂を払拭《ふっしょく》すべく、声明書まで公表したという。

けれども騒動はなかなか収まらず、闇獣国からヒイラギを追放するべきだと国民が騒ぎ出した。

お腹の子が自分の子だと確信していた儀晃だが、孫吾の策略もあり、ヒイラギは裁判にかけられることになった。

裁判の前日、儀晃はヒイラギにねだられて一緒に竜に乗ったそうだ。

身重の妻を竜には乗せたくなかったらしいが、明日の裁判に向けて気落ちしていた妻の願いだっただけに、儀晃は叶えた。

しかし、その際に竜の鐙《あぶみ》が外れ、二人は山へと落ちた。

儀晃は林の中に転落し、木々の枝に引っかかり、軽症で済んだ。

しかしヒイラギはなかなか見つからず、焔獣国も捜索に加わった。

そして竜から転落した一週間後。ヒイラギは川の下流で見つかった。

冷たい死体となって。

後日、王が使用する丈夫な鐙が簡単に壊れたことから、陰謀説が浮上した。

一番怪しいとされたのは孫吾だったが、彼は病で急死。ヒイラギが馬具小屋を訪れて、何か細工していたという目撃談もあり、真相は藪《やぶ》の中へと消えてしまった。

この出来事以降、稜光は二度と二胡を弾かなくなったという。

また儀晃も体調を崩し、床に臥せるようになった。

「あとは、ソラ様もご存じの通りですにゃ」

焔獣国へ無事に帰ってきたソラは、稜光の部屋で細雪からこの話を聞いた。

確かに現焔獣国王とヒイラギの不貞が疑われ、これがヒイラギを追い詰める結果となってしまったのなら、恒星も寺院の者も、口を噤んでいたのがわかる。

向かいの長椅子に座った稜光は、ただ黙っていた。

寡黙な彼の表情からは、何も読み取ることはできない。

けれども稜光は、ぽつりと呟いた。

「一度に妻と子どもを失った儀晃は、どれだけの悲しみを抱えていたのか……」

「稜光様……」

ソラは目を伏せることしかできなかった。

呟いた彼もまた、心に深い傷を負っていると思ったからだ。


三日経っても、ソラの気持ちはふさいでいた。

闇獣国での一件で疲れていたのもあるが、儀晃とヒイラギの話が衝撃的で、未だに心の整理がつかなかったのだ。

また、心に引っかかるものもあった。

（稜光様の初恋の相手は、高祖伯父だったんじゃないかな？）

なんの根拠もないが、細雪からヒイラギの話を聞いている時、稜光は切ない表情を一瞬見せた。その顔は胸を抉《えぐ》られたかのように痛々しいもので、ソラは不安でいっぱいになったのだ。

（亡くなった人に嫉妬するなんて、僕はなんて愚かなんだ）

何度も思ったが、一度根を張った不安はなかなか拭えない。

ソラは紅梅の部屋の露台から、月を仰いだ。

季節は確実に春に近づいていて、夜風もさほど冷たくない。

もともと焔獣国は温暖な国だ。四季はあるものの、寒暖差は少ない。

露台の手すりに肘《ひじ》を置き、ソラは頬杖《ほおづえ》をついた。

月は百年前も変わらずに、美しく輝いていたのだろうか？

今宵《こよい》のように、優しく闇《やみ》を照らしていたのだろうか？

「ソラ様」

名前を呼ばれて、徐《おもむろ》に振り返った。

「細雪」

そこにはソラの寝間着を手に、細雪が微笑んでいた。

「あまり夜風に吹かれると、お身体によくありませんにゃ。お寝間着にお着替えくださいにゃ」

「ありがとう」

ソラは素直に彼の言葉に従った。

そして公務でまだ戻らない稜光を思いながら、鏡台で髪を梳いてもらう。

「……ねぇ、細雪」

「にゃんでしょう？」

鏡越しに首を傾げた彼に、かつての恒星の面影を感じた。

「稜光様の初恋相手が、ヒイラギだったたって考える僕は、愚かかな？」

細雪は大きな目を一瞬見開いたが、その後はいたって冷静だった。

「そうですにゃあ……私も稜光様から直接聞いたわけではないので、にゃんとも申し上げられませんが。たぶん、ヒイラギ様が初恋のお相手だったんじゃないかにゃ？　と思います」

「やっぱり、そうなんだ……」

「でも、気落ちされませんよう。誰にだって初恋はありますにゃ。それにソラ様に出会ってからの稜光様は、毎日がとても幸せそうで……こんな稜光様は、生まれてから見たことがないですにゃ」

「ありがとう、細雪」

彼が慰めてくれているのがわかった。

でも細雪の言葉はきっと本心なのだろう。

彼の瞳に嘘は浮かんでいない。

「でもね、ヒイラギによく似ていると儀晃様に何度も言われたから。稜光様も、初恋相手のヒイラギに似ているから、僕を好きになってくれたのかなって」

「にゃんということを！　そのようなことを思ってはいけませんにゃ！　稜光様の真心を疑うことになりますにゃ！」

「うん、だよね。でも、もう大丈夫！　稜光様の愛を……『運命の番』の絆を信じるよ」

ちりりと胸は痛んでいたが、ソラは無理やり笑顔を作った。

その笑顔が鏡に映った時。

背後に稜光が腕を組んで立っているのが見えた。

彼の顔には、うっすらと怒りが浮かんでいる。

「りょ、稜光様っ！」

「お前は、俺の愛を信じていないのか？」

「そ、そのようなことは！」

「では、なぜ俺の愛を疑うようなことを言った？」

「…………」

ソラは答えられなかった。

一度は否定したものの、やはり彼の愛を疑っているのは事実だったからだ。

「来い」

「えっ？」

鏡台までやってきた彼に手首を摑まれ、ソラは稜光の寝室がある銀紅殿へと連れていかれた。

彼の部屋に来るのは久しぶりだった。

ソラが焔獣国へ来てからというもの、稜光が寛《くつろ》ぐのも、入浴するのも、寝起きするのも、すべて紅梅の部屋だったからだ。

稜光はソラを長椅子に座らせると、机の引き出しから一枚の紙を取り出した。

「これは？」

「幼い頃の俺と、ヒイラギが写っている写真だ」

「写真……」

手渡されたそれを、ソラは複雑な気持ちで見つめた。

何せ愛する人の初恋相手が写っているのだ。

ただでさえ嫉妬で胸が痛む。

「あ、あれ……？」

しかしそこに映っているヒイラギの姿に、ソラは目を瞬かせた。

「そうだ、ヒイラギはまったくお前に似ていない」

「た、確かに……」

顔を近づけて、ソラはもう一度ヒイラギを見た。

闇獣城の庭なのだろう。咲き誇る菖蒲《しょうぶ》を前に、すまし顔で立つ稜光少年の隣には、背の高い華奢な男性がいた。

男性は確かに美しいかんばせをしていたが、細面で彫りも浅く、優しく細い目をしていた。

丸い顔立ちで彫りはそこそこあり、瞳の大きなソラとは似ていない。

切り揃えられた黒い髪と黒い瞳以外は――。

「きっと儀晃は、お前がヒイラギの血縁だということに捉われて、本当のヒイラギの姿を見失ったのだろうな」

「見失った？」

「もしかしたらあまりの悲しさで、ヒイラギの顔を忘れてしまったのかもしれない。黒髪と黒い瞳以外は」

「そんな……」

ソラはまた切なさで胸が痛んだ。

愛しい人の顔すら忘れてしまうほどの悲しみとは、どれほどのものなのだろう？

「だから、俺はお前をヒイラギの代わりだと思ったことは一度もない」

「でも……ヒイラギが初恋の相手だと、お認めになるんですね」

詰るように見上げると、稜光は小さく笑った。

「初恋の相手というより、憧《あこが》れの存在だった」

「憧れ？」

「あぁ。だから炎の中でお前を見つけた時、なんと可愛らしい少年がいるのかと胸が逸《はや》った。しかもその少年が『運命の番』だとわかって、さらに興奮した」

「僕たちが『運命の番』だとわかる前に、稜光様は僕を見初めていた？」

「正直、お前の愛らしい泣き顔にすべてを持っていかれたんだ」

顎を取られて上向かされると、優しい口づけの雨が降ってきた。

鼻先に額に、頬に。彼の柔らかな唇が触れる。

その唇の温度が真実の愛を伝えてくれて、ソラの心は少しずつ軽くなっていった。

「しかし、俺の愛を一瞬でも疑ったお前には、罰を与えなければいけないな」

「ば、罰ですか？」

驚いて、ソラは目を見開いた。

口角をにやりと上げて笑った稜光に、ひくりと頬が引き攣《つ》る。

なんだかとても、嫌な予感がした。

＊＊＊

「もう、稜光様！　ちょっとはおとなしくしてくださいよ！」

銀紅殿にある広い露天風呂に、ソラの声が響く。

「お前の刷子《はけ》がけがくすぐったいんだ。もう少し強めにやってくれ」

「おかしいなぁ？　力いっぱいやってるのに」

「まだまだだな。しばらくは俺の刷子がけの練習をしなくては」

「練習ですかぁ～……」

情けないソラの表情に、稜光は楽しそうに笑った。その声は狼のそれだった。

ソラは湯帷子《ゆかたびら》の裾を膝の上まで捲《まく》り、袖をたすき掛けにして、汗をかきかき稜光の身体を洗った。

十尺以上ある聖狼姿の稜光は、とても大きい。いつも流している彼の背中とは大違いだ。

泡立った真朱の獣毛の上から、ソラは両手でごしごしと刷子をかけた。しかし稜光はくすぐったがって、じっとしてくれない。

それでもなんとか洗い終えて、丁寧に桶《おけ》で身体を流した。

「ふう……」

額の汗を拭い、ソラは水分を飛ばすために身体を震わせる稜光を見た。

ソラに与えられた罰は、聖狼になった稜光を洗い上げることだった。

普段は従者が二人がかりで行うというこの作業を、ソラは一人で行った。かなりの重労働だ。

しかし綺麗になった毛並みで、嬉しそうに露店風呂に浸かる稜光は、どこか鬼天竺鼠《カピバラ》を思わせて、ほっこりとした気分になる。ここ数日ふさいでいた気持ちも、どこかへ行ってしまった。

それを実感して、心の底から笑みが浮かんだ時だった。

「あっ……！」

突然身体が熱くなり、下半身に重たい熱が蟠《わだかま》り出した。

稜光の香りを一際強く感じて、くらくらと酩酊《めいてい》しそうになる。

呼吸は浅く速くなり、肌は布擦れだけでも感じてしまうほど過敏になった。

ソラは襲いくる劣情に、立っていることもままならなくなり、その場に跪いた。

「どうした？　ソラ」

異変に気づいた稜光が、風呂から上がってきた。

「すみません。今月遅れていた発情期が、今来たみたいで……」

荒い息をついていると、稜光に今すぐ湯帷子を脱ぐように言われた。

「えっ？　脱ぐん……ですか？」

「そうだ。それとも湯帷子を着たまま愛されたいか？」

俺はどちらでもよいが？　と舌なめずりをした稜光に、ソラは食べられてしまうのではないかと思った。

（いっそ食べられてしまうなら、裸の方がいいな）

そう思い、恥ずかしかったがその場で湯帷子を脱いだ。

ソラの肉茎はすでに痛いほど勃起《ぼっき》し、もじもじと隠してしまう。乳首も赤く尖り、今すぐ稜光に舐めてもらいたいと主張していた。

ソラは稜光が人間の姿になるのを待った。

しかしソラの裸体を嬉しそうに眺めている彼は、いつまで経っても聖狼のままだ。

「あの、稜光様……」

早く抱いてください！　と言いたくなるのをぐっと堪え、彼の瞳を見つめると、御影石でできた浴槽の縁に、大きく足を広げて座るよう命じられた。

「えっ？　なんで？」

「愛してやろう、このままの姿で」

「このままの……姿？」

彼の姿をまじまじと見てしまった。

今の彼は美しい真朱の毛並みをした巨大な狼だ。

その姿で、自分を愛そうというのか？

「ほら、早く縁に座れ。そんなに硬く勃起させて、お前も辛いであろう？」

「で、ですが……」

「いいから、早くしろ」

急《せ》かされて、ソラは湯船に足を浸けると風呂の縁に座った。そして屹立した陰部を手で隠しながら、足を開く。

するとごくりと喉を鳴らした稜光は、ソラの向かいに来るよう湯船に浸かると、陰部を隠している手ごと、大きくて熱い舌で舐め上げた。

「ひゃ……っ！」

驚きとくすぐったさに声を上げると、稜光にくくっと笑われた。

「ほら、早く手をどけろ。じゃないと愛してやれないぞ？」

「うっ……」

恥ずかしくて陰部を隠してしまうのは癖だ。しかしそれをいつも窘《たしな》められるので、このやり取りも何十回とした。

おずおずと手を退けると、ソラは後ろ手に縁を摑んだ。これで完全に屹立した陰茎も、きゅっと引き締まった睾丸《こうがん》も、稜光に丸見えとなる。

「今宵のお前は、一段と美味そうだ」

再び舌なめずりをした稜光は、赤い舌をひらめかせて、ソラの肉茎を舐め上げた。

「あぁっ」

弾《はじ》くように何度もぷるぷると舐められて、ソラは大きく背中を反らせた。時折睾丸も弾くようにされて、快感に唇を噛む。

しかし嬌声《きょうせい》は抑えられなくて、明るい月が照らす二人だけの露天風呂に、ソラの甘い喘ぎが響き渡った。

「う、ん……あぁ、やぁぁ……ん」

勝手に腰が揺らめき、湯が波打つ。

いつしか足をさらに大きく開き、はしたないと思いながらも、ソラは自ら乳首を弄っていた。

「いやらしいな。実にいい景色だ」

熱っぽく囁かれ、ソラの目尻から羞恥の涙が零れる。しかし今日は発情期ということもあって、身体が言うことを聞かない。しかも獣の姿をした番に愛されている背徳感から、さらに劣情が煽られた。

「あんっ、稜光様……もっと……もっとぉ……」

「いいぞ。お前が精を放つまで、いくらでも可愛がってやろう」

十尺もある彼からしたら、ソラの陰茎など飴玉《あめだま》ぐらいの大きさだ。けれどもそれを、稜光は丁寧に愛してくれた。

「あっ、あっ、あっ……稜光様、いきます……いってしまいます……っ」

「あぁ、いくといい。お前の精を早く俺に飲ませてくれ」

「んんんっ……あぁぁぁっ！」

目の前で白い光が弾け、身体がびくびくっと跳ね上がった。腰はいつまでも快感の余韻に浸り、前後にいやらしく動き続ける。

「はぁ、はぁ……」

脱力し、ソラは前のめりに倒れ込んだ。

自分を支えてくれるのは、大きな聖狼の鼻先だと思っていたのに、その感触は違った。

「稜光様……そのお姿は？」

見たことのない彼の容貌《ようぼう》に、ソラは目を瞠《みは》った。

「半獣の姿だ。普段は滅多になることはないが、今そなたの精を飲んだからだろうな。珍しく半獣になることができた」

そう言った彼の姿は、まさしく獣の姿をした人間だった。

頭部は凛々《りり》しい聖狼のそれで、背格好は逞しい稜光のものだ。しかも真朱の獣毛が全身を覆い、爪は鋭く長い。

「あぁ、稜光様……」

そんな彼の姿さえ、かっこよくて愛おしいと思ってしまうのだから、自分は相当稜光が好きなのだろう。

力強く抱き締められて、ソラの陰茎が再び力を取り戻す。長い舌が口腔《こうこう》に入り込み、濃厚な口づけを交わした。

彼の体毛が……強い雄の香りがたまらなくソラの本能を刺激して、今すぐ一つになりたいと思った。

「稜光様、早く挿れてください……そして、噛んで」

「ソラ……」

期待と緊張で震える指先で、ソラは稜光からもらった赤い首輪を外した。

それはぽちゃんという音を立てて、湯の中に沈んでいく。

真っ白いうなじが月のもとに晒された。

薬指につけられた鴇羽色《ときはいろ》の約束は、もう消えてしまった。もともとそんなに強く噛まれていなかったので、数日で消えてしまったのだ。

番うためにうなじを噛む行為も、佳昌のことが落ち着いてから……と二人で納得してここまできた。

佳昌が嫁いだあとも、何度か首筋を噛んでもらう機会はあったが、最初から佳昌の結婚に不安しかなかったソラは、とてもじゃないが稜光に首筋を噛んでもらい、自分たちだけ幸せになる気持ちにはなれなかった。

しかし、佳昌も焔獣国へ戻ってきた。

ひどい目にあったけれど、彼は平常を取り戻し、笑顔で過ごしている。

そんな彼を見て、ソラはうなじを噛んでもらう覚悟ができたのだ。

以前のような安易な気持ちではなく、強い意志をもって、稜光と番うために。

稜光の背中に腕を回すと、逞しい胸に顔を埋めた。

「本当に、噛んでもいいんだな」

「はい」

稜光がごくんと唾を飲み込んだのがわかった。

彼もまた、ソラのうなじを噛みたいのを我慢してきたのだ。

身体を重ねるたびに、本能的にソラのうなじに噛みつきたくて、赤い首輪には彼の噛み跡が数えきれないほどついていた。

稜光はソラを抱き上げると、再び御影石の縁に座らせた。そして後ろ向きになるよう命じる。

これから何をされるのか？　察したソラも素直に縁に両手をつき、足を肩幅の大きさに開いた。

尻を突き出す格好になって、蕾にひんやりと夜風を感じる。

爪の長い手で器用に両の尻たぶを摑むと、稜光は鼻先を埋めるようにして、ソラの後孔を温かい舌で舐めた。

「あっ……んん」

ぴちゃぴちゃと淫猥な音が響き、ソラは恥ずかしくて全身が熱くなった。

先端を尖らせた舌は、蕾の襞《ひだ》を丁寧に舐め上げる。しかし動きは次第に大胆になって、長い舌はソラの後孔を押し開き、中までも潤し始めた。

「あぁ、稜光様……やぁ、あぁぁ……っ」

長い舌の感触に背筋がぶるっと震えた。

けれどもそれはすぐに快感に変わり、逞しい熱杭を思わせる舌の動きに、たまらなくなって腰が揺れた。

「だめ……稜光様、もう……あなた様が欲しいっ！」

悦楽の涙を流しながら懇願すると、稜光はソラの尻を一旦解放した。そして腰を抱え直すと、獣毛の間から屹立した立派な自身を、ぐっとあてがう。

「あっ、あぁ……稜光、様……」

綻《ほころ》び、潤んだ後孔にじわりと稜光が侵入してくる。

その熱と質量に、ソラは歓喜を覚えた。

愛しい人と一つになれることがこんなに幸せなのだと、彼を受け入れるたびにソラは実感する。

「あっ、あぁ、あぁぁん」

ぱしゃんぱしゃんと稜光の動きに合わせて湯が跳ねる。

それはどんどん激しくなり、いつしか肉がぶつかり合う音に変わっていた。

「あぁ……気持ちいい、気持ちいいです……稜光様」

腸壁の奥まで突かれたかと思うと、今度は浅いところを切っ先で擦られ、前立腺を刺激された。かと思えば、長い時間をかけてゆっくりと男根を抜かれて、物寂しい気持ちになったところで一気に穿《うが》たれる。

「ひっ……あぁぁ」

緩急をつけた責めに、ソラはたまらなくなって膝ががくがくと震え出す。

今にも頽れそうになった時だ。両膝裏に手を差し込まれ、ソラは大きく足を開く格好で抱え上げられた。

「やっ……恥ずかし……！」

露天風呂には二人しかいないが、この体位は羞恥を伴うものだった。

しかも初めての体位なので、快感は未知だ。

「ひっ、あ……ん！　あぁぁ」

後ろ手に稜光の首にしがみつくと、太く逞しい彼自身で突き上げられた。

それに自重も加わって、挿入角度は深くなる。

何度も何度も一番奥を突き上げられて、ソラは二度目の絶頂を迎えようとしていた。

「稜光様……また、また……」

果てが近いことを教えると、稜光も荒い息遣いで答えた。

「あぁ、俺ももう持ちそうにない。共にいこう、ソラ」

「あぁっ、あん、あぁぁん……あぁ！」

稜光の広い肩に後頭部を押しつけながら、ソラは白濁を吐き出した。

体内に熱い迸りを受け、全身が快感に震えた。

長い長い吐精が終わると、稜光はそのまま湯船に身体を沈めた。

「今宵のお前も可愛かったぞ」

頰を舐められて、心も身体もくすぐったい気持ちでいっぱいだ。

身体はまだ湯の下で繋がっていて、彼の肉槍が再び力を取り戻したのを感じていた。

「愛しているぞ、ソラ」

耳元で囁かれて、ソラも「はい」と頷いた。

「僕も稜光様を愛しています。いかなる時も、あなただけを……」

「俺もだ、ソラ。我らは獣人神に定められた『運命の番』。家族の血よりも強い繋がりで結ばれたものだ」

「はい」

まるで結婚式の誓約のようだな……と思いながら、ソラが感動の涙を浮かべた時だ。

「あっ……」

首元に甘い痛みが走り、ソラはきゅっと目を瞑《つむ》った。

「これで、お前と俺は永遠の番だ。何者にも引き離すことはできん」

「稜光様……」

ひりひりとした痛みが残るうなじに手をやると、少量の血がついた。

今、まさにソラは稜光にうなじを噛まれたのだ。

「嬉しい……」

これまでだって二人の心の繋がりは、強固なものだった。

しかし今この瞬間、本当の番になることができて、ソラは涙が出るほど嬉しかった。感動していた。

「これでもう、お前は他の者と交わることはできんぞ」

からかうように言った稜光に、ソラは身体を捻って抱きついた。

「わかっています。それに僕は稜光様以外と交わる気もありません。一生あなただけのものです」

うなじを噛まれた銅珠は、うなじを噛んだ金珠以外と交わろうとすると、全身が拒否反応を起こして死に至る。それほどまでに番の絆は深い。

その後、ソラは稜光に再び抱かれてすっかり逆上せてしまった。

すまん……と項垂《うなだ》れた彼は人間の姿に戻っていて、ソラを寝台に運ぶと冷たい水をくれた。細雪は心配そうに扇子で扇いでくれる。

この状況に、ソラはおかしくなって笑ってしまった。

稜光も細雪も不思議そうな顔をしていたけれど、ソラは今、世界で一番幸せだったのだ。

澄み渡る五月の青空のもと、ソラと稜光の婚儀は盛大に行われた。

ソラは金糸の刺繍が施された花嫁衣裳を纏い、この日のために伸ばした髪を結いあげ、大きな黄金の冠を被った。

稜光も同じく赤い衣装に冠を被り、金糸の刺繍が施された深衣を纏っていた。その姿があまりにも凛々しくて、ソラは再び彼に惚《ほ》れてしまったほどだ。

この日は祝日となり、国中から国民がやってきて王城の広場に集まった。

他国の王や貴顕や貴族も集まり、城内では一週間も宴が催された。

「正直いって、私はお前が伴侶を迎えるとは思っていなかった」

葡萄《ぶどう》酒を手に、ソラと稜光が座る玉座までやってきた洸獣王寧々は、いつもの冷静な口調と態度で言った。

「それはどういう意味だ？　寧々」

苦笑した稜光に、寧々の隣にいた崚獣王彪景も口を開く。

「だって稜光様はあまり結婚に興味がないというか……これまでだって、浮いた話もなかったですし」

「仕事が忙しくて、他者に構っている時間がなかったんだ。それに俺は『運命の番』が必ずいると信じていたからな。将来の伴侶となる者以外、興味がなかったんだ」

「稜光って、本当に固い男だよねぇ」

「紫遠、来てくれたのか」

ソラは稜光の言葉に前を向いた。

すると正装した紫遠が多くの家臣を引き連れ、祝いの言葉を述べに来た。

その姿は一国の王である堂々としたもので、ソラは目をぱちくりさせてしまう。気さくな彼の態度から、ついつい気軽に接してしまっていたが、紫遠は氷獣国の現国王なのだ。

「このたびはご結婚おめでとうございます。焔獣国のますますのご発展とご繁栄を、心よりお祈り申しあげます」

「ありがとう、氷獣王紫遠。これからもソラを……我ら夫婦を、友として支えてくれ」

「はい」

ぺろりと舌を出して笑った彼はいつもの調子で、ソラは笑ってしまった。

一番手前の卓で友人らしき女性と話している佳昌も、すっかり元気になっていた。

黒く染められていた部分を切り落としたので、髪は短くなっているが、琥珀色の瞳ももとに戻り、大きくなった腹を大事そうに摩っている。

一度は堕胎を勧められた彼だったが、

「儀晃様は、私を愛してくれる時は本当に優しいお方でした。どんな状況に置かれていたとしても、一度は情を交わした相手の子です。私は大事に育てたいと思います」
気丈に言い放ち、元国王夫婦も納得して、今では孫の誕生を心待ちにしている。
ソラは賑やかな披露宴会場を見渡して、本当に自分は幸せ者だと思った。
みなに祝福され、愛する番と結婚をし、新しい家族までできた。
真っ白な寺院にいた頃には想像もできなかったこの景色を、ソラは目に焼きつけた。
「永遠の幸せ」という名の色が、ソラの心の中で咲いた。

終章

元気に庭を走り回る四人の子どもがいた。

一人は闇獣王儀晃と佳昌の息子。そして年子の三兄弟はソラと稜光の子どもだ。

闇獣国は儀晃の息子が成長し、公務を行えるようになるまで、焔獣国の管理下に置かれることになった。しかし稜光は闇獣国の文化や宗教、しきたりを重んじたので、国民からはなんら反発はなかった。

四人が駆け回る姿を、ソラと稜光と佳昌は茶を飲みながら眺めていた。

するとソラの末の息子がやってきて、稜光の膝の上に甘えるように乗っかってきた。

「ねぇ、父上。二胡を弾いてください。僕は父上が弾く二胡が大好きです！」

この言葉に稜光は微笑んだ。

そして従者に二胡を持ってこさせると、末っ子の要望に応《こた》えてそれを弾き出す。

その音色はどこまでも澄んでいて、時に力強く、いつまでも聞いていたくなるような演奏だった。

稜光は、ソラが最初の妊娠をした頃から再び二胡を弾くようになった。胎教にいいだろうと。

しかも彼の表情は、ヒイラギとの悲しい思い出を吹っ切った明るいもので、ソラは安心したのを覚えている。

「やっぱり、父上の二胡は最高です！」

そう言ったのは、ソラの一番上の息子だった。

彼は今、稜光に教わって二胡を弾いている。腕はまだまだだが、筋はいいと稜光は喜んでいた。

雲一つない青空へ舞い上がる音色は、どこまでも優しくて温かかった。

ソラは青空を見上げながら、天国にいるであろう儀晃とヒイラギ、そして恒星に思いを馳《は》せた。

(僕は今、たくさんの人に囲まれて幸せですよ)

心の中で呟くと、自然と口元が綻んだ。

ソラの真っ白だった世界は今、数えきれないほどの美しい色に満ちていたのだった。

おわり

あとがき

こんにちは！　または初めまして。柚月美慧と申します。

このたびは『獣王の溺愛～秘蜜のオメガは花嫁となる～』をお手に取っていただき、誠にありがとうございます。柚月初のファンタジーオメガバースです。

今回は『色』を意識して書かせていただきました。日本には古来から素敵な名前の色が多数あり、見ているだけでも楽しくなります。

ソラが無垢な存在で、真っ白な心を持っている……という設定は最初からあったのですが、そこに色を『咲かせる』ことで、より華やかさと奥深さが出せたのではないかと思っております。

また、お気づきになった方も多いかもしれませんが、五国の王にはそれぞれラブストーリーがあります。今回は稜光とソラのお話しか書きませんでしたが、氷獣王紫遠にも、洸獣王寧々にも、峻獣王彪景にも運命の相手がいて、大恋愛をして結ばれております。

いつか彼らのお話も書きたいなぁ……と思っておりますので、読みたい！　と思っていただけましたら、ぜひとも編集部宛に「続編希望」と書いたお手紙をお送りくださいｗ（笑）。

最後になりますが、イラストを担当してくださいました上條ロロ先生。本当にありがとうございました。このお話を愛してくださっただけでなく、世界観まで深く理解してくださり、キャラクターラフを拝見した時は、全キャラクターが私の想像通りでびっくりいたしました。

担当様、書店様、この本を出版するにあたって携わってくださった皆様に、心よりお礼申し上げます。ありがとうございました。

いつも私の悩みや愚痴を聞いてくれる姉や、愉快な仲間たちにも感謝を。これからも楽しい珍道中に出かけましょう。

そして、この本を手に取ってくださった皆様に最大の感謝を！　これからも楽しいお話が書けるよう精進してまいりますので、どうぞよろしくお願いいたします。

柚月美慧

本作品は書き下ろしです。

ラルーナ文庫

この本を読んでのご意見・ご感想・ファンレターなどお待ちしております。〒111-0036 東京都台東区松が谷1-4-6-303 株式会社シーラボ「ラルーナ文庫編集部」気付でお送りください。

獣王《じゅうおう》の溺愛《できあい》
～秘蜜《ひみつ》のオメガは花嫁《はなよめ》となる～

2019年6月7日　第1刷発行

著　　者｜柚月《ゆづき》 美慧《みさと》

装丁・DTP｜萩原 七唱

発　行　人｜曺 仁警

発　行　所｜株式会社 シーラボ
〒111-0036　東京都台東区松が谷 1-4-6-303
電話　03-5830-3474／FAX　03-5830-3574
http://lalunabunko.com

発　　売｜株式会社 三交社
〒110-0016　東京都台東区台東 4-20-9　大仙柴田ビル２階
電話　03-5826-4424／FAX　03-5826-4425

印刷・製本｜中央精版印刷株式会社

※本書の全部または一部を無断で複写することは著作権法上での例外を除き、禁じられています。
乱丁・落丁本は小社宛てにお送りください。送料小社負担にてお取替えいたします。
※定価はカバーに表示してあります。

© Misato Yuduki 2019, Printed in Japan
ISBN978-4-8155-3214-7

LaLuna

毎月20日発売！

ラルーナ文庫

絶賛発売中！

恋獄の枷

―オメガは愛蜜に濡れて―

柚月美慧　イラスト：緒田涼歌

父を殺したかもしれない憎い男が『運命の番』？
抗いがたい欲情と罪深い純愛がせめぎ合う。

定価：本体700円＋税

三交社

LaLuna

毎月20日発売！ ラルーナ文庫 絶賛発売中！

黒豹中尉と白兎オメガの恋逃亡

淡路水 イラスト：駒城ミチヲ

体に隠された秘密とは？
…カルト集団に狙われ、兎のクロエは黒豹ジンに警護されることに。

定価：本体680円＋税

三交社

LaLuna

毎月20日発売！ラルーナ文庫 絶賛発売中！

仁義なき嫁　旅情編

高月紅葉 | イラスト：桜井レイコ

祇園祭に沸く京都——
佐和紀は旦那・周平の因縁の“女”から真っ向勝負を挑まれて…。

定価：本体700円＋税

三交社